俳句がどんどん湧いてくる100の発想法

ひらの こぼ

草思社文庫

俳句がどんどん湧いてくる100の発想法　目次

V 仕掛けをつくる

はじめに

季語をひとつ入れて、五七五。俳句の決まりは、言ってみれば最低限それだけです。でも、さあ一句とアタマをひねったり、景色を眺めてみても、何も思い浮かばない――初心者ならそれが当たり前でしょう。初心者だけでなく、俳句をはじめてから何年も経った人も、俳句が自然にどんどん湧いてくる、などということはありません。

私が俳句をはじめた頃もそうでした。入門書を何冊か読んでみましたが、ピンときません。作り方の基本ルールはわかりますが、ではなにをどう詠もうかという段になると途方に暮れてしまいます。さて、困りました。入門書には、俳句の基本は書いてあっても、実際のハウツーが書かれていません。ひととおり基本がわかった後に必要な具体的なノウハウが欲しいと痛感しました。でも見当たりません。

じゃあ自分でHOW TO書を作ろうと、過去の秀句をベースに、あれこれ発想法をまとめたのが、前著『俳句がうまくなる100の発想法』（草思社刊）です。まず句の材料をどうさがすか。それを一句にどうまとめるか、どう表現すればいいか――。そんな観点から100の発想法としてまとめたものです。刊行後、幸いにして読者諸氏から好評をいただきました。そこから少し切り口を変えて考えたものが今回の100項目です。

前著では、材料選び、調理法、盛り付け、といったように、作句の手順にしたがい100項目を並べましたが、今回は、より実践的な構成になるよう工夫をしました。

たとえば景色のいいところに出かけたとき、誰でも「ここで一句」と考えます。そんなとき、どんなところを見て、どう表現すればいいか――それをまとめたのが「Ⅰ　気分はカメラマン」です。視覚だけでなく、嗅覚や聴覚など全感覚をフルに活用すれば、もっと俳句の幅は広がります。それが「Ⅱ　五感で勝負する」。詠みたい対象のどこにポイントを置けばいいかについては「Ⅲ　目の付けどころ」。「人」をどう観察して句にするかをまとめたのが「Ⅳ『ひと』がおもしろい」。「Ⅴ　仕掛けをつくる」では、俳句ならではの変則技を紹介。最後の「Ⅵ　料理法で差をつける」は、俳句でよく詠まれる季語など10のキーワードを選び、コツや注意点を説明しています。

この本が、俳句をこれからはじめようという方、はじめたばかりの方、そして「ちょっと壁にぶつかった」「自分の引き出しが空っぽになった」というスランプ気味の方々に少しでもお役に立てば幸いです。

例句掲載に関して　発表当時、正字体（旧漢字）を用いた句についても、本書ではそれを用いず、新字体に換えてあります。仮名遣いは、作品オリジナルのかたちで掲載しました。わかりにくい語については、掲句の下に簡単な解説を添えています。

Ⅰ　気分はカメラマン

さて今日は俳句でもつくろうかと出かけてみる。
でもどうも焦点が絞れない――。
そんなときはなにか見方を変えてみましょう。
カメラマンがファインダーを覗くようなつもりで
あれこれアングルを考えたり、
レンズを換えてみたり…。
人とは違った自分だけの景色が見えてきます。

1 大きく捉える

「なにか変わったものはないか」と探す前に、まず大きな景を詠んでみることも大切です。広がりの出るものに、まずは的を絞ってみるのがポイント。奥行きが出るように、かつシンプルにまとめます。

なが〳〵と川一筋や雪の原　　野沢凡兆

あたり一面の雪野原。ほかにはなにもありません。少し高台から眺めた景色。広がりを出すには川のようにパースペクティブ（遠近感）の出るものを持ってくると成功します。凡兆は江戸初期の俳諧師です。

たてよこに富士伸びてゐる夏野かな　　桂　信子

「たてよこに」とは大胆な表現です。高さと幅を言うことで広がりを出しています。「伸びてゐる」でなだらかさも感じさせます。

凧の彼方（かなた）直視十里の寒暮（かんぼ）あり　　飯田龍太

広がりだけを詠む。数字で具体的に表現しています。「風の彼方」ということでなにもない広大な原野が思い浮かびます。単に「十里」というだけでなく「直視十里」としたことで実感が出ました。

山高く水低く在り渡り鳥　三橋敏雄

空を詠むのではなくて山と川を詠むことで広々とした大空を感じさせます。渡り鳥は秋、北方から日本へ渡ってくる鳥のこと。

向日葵（ひまはり）の空かがやけり波の群　水原秋櫻子

こちらは空と海の二つに絞った句。「向日葵の空」と決めつけたところが技です。

鉄橋を一塊として虎落笛（もがりぶえ）　鷹羽狩行

鉄橋に焦点を絞りました。橋を詠むと必然的に川や周辺の情景が読者に浮かんできます。虎落笛は冬の季語。木々や柵、竹垣などに吹きつけて、笛のような音を出す烈風のこと。

2　大景に動くもの

景色を大きく捉え、そこに動くものを取り合わせます。たとえば、空に太陽、月、鳥や飛行機など。その動きでスケール感を感じさせるものを選びましょう。

太陽のうつろひやすき辛夷かな　大木あまり

辛夷は香り高い真っ白な花ですが、しおれやすく、すぐ色あせてしまいます。太陽の移ろいだけでなく、そんな意味合いも掛けてあるのかもしれません。

城を出し落花一片いまもとぶ　山口誓子

城から桜の花が一片舞ってきました。落ちるかと見えてまだ飛んでゆきます。読者にも作者の目の動きが伝わってくるようです。「東大寺湯屋の空ゆく落花かな」（宇佐美魚目）といった句もあります。

西塔に東塔の影つばくらめ　水内慶太

朝何時ごろでしょうか。西塔まで影が伸びているということはまだ早い時間。そこを燕（つばめ）がよぎりました。一瞬のデッサン力。なかなかこうはいきません。

一本の糸瓜（へちま）の垂るる伊予の国　今井杏太郎

「伊予の国」と大きく出ました。そんな中、糸瓜が揺れています。

鶴の来るために大空あけて待つ　後藤比奈夫

「いまは動くものがなくてもしばらくすれば…」と想像することもできます。読み手も一緒にそのシーンを頭に描いてくれます。

沼跳ねて鯉一望の冬を見し　原　裕

こちらは動くもの（鯉）のほうから見た景色。

3　なにかに映してみる

映してみる景色は逆さ富士ばかりではありません。いろんなものに景色を映してみましょう。身近なものに映してみるのも一興です。

冬の水一枝（いっし）の影も欺（あざむ）かず　中村草田男

極め付きの一句です。実際よりも数段クリアに景色が再現されています。

金魚玉（きんぎょだま）天神祭映りそむ　後藤夜半

錦のような金魚と祭り。これはまたとない絢爛豪華な絵巻になりました。
金魚玉は、軒などに吊るす球形の金魚鉢。今はあまり見かけませんが、江戸時代、庶民の間で大流行したそうです。

うぐひすや障子にうつる水の紋　永井荷風

水面の光の綾が障子（しょうじ）越しに。繊細な、いかにも日本的な情景です。

墓石に映つてゐるは夏蜜柑（みかん）　岸本尚毅

生命力溢れる夏蜜柑をお墓に映してみました。対比が鮮やか。

しやぼん玉吹き太陽の数増やす　後藤比奈夫

それぞれのしゃぼん玉にきらきらと…。同じものを無数に映してしまうというのもいいですね。しゃぼん玉は春の季語。

天日(てんじつ)のうつりて暗し蝌蚪(かと)の水　高浜虚子

じっと蝌蚪（おたまじゃくし）のいる池の面を見つめていた時間と作者の視線。

4　上を見る

ただ歩いているだけでは、視界に変化がありません。ちょっと視線を上へ移動させてみましょう。意外と見落としていた景色を発見することがあります。

空をゆく一(ひ)とかたまりの花吹雪　高野素十

普通なら見落としていたような光景です。淡くぼんやりしたような色合い。「ひとかたまり」としたことで鮮やかに景がよみがえりました。

城を出て町の燕となりゆけり　上田五千石

燕の行方を眺める。とかく燕だけを見てしまいがちですが、燕の飛んだ軌跡をたどってみたりもしてみましょう。

たかだかと冬蝶は日にくだけたる　夏井いつき

見上げると冬の蝶がいました。眩（まぶ）しくて見失った蝶を「くだけた」と言ったのがミソ。

蜻蛉（とんぼう）の空蜻蛉の空の上　後藤比奈夫

蜻蛉（とんぼ）の空はどのあたりまでなんでしょうか。その空のさらに上へと視線を向けました。

尖塔が日を支へをる蔦（つた）もみぢ　尾池葉子

塔を見上げます。思ったより高い。まるで太陽を支えているように。

5　しゃがんでみる

しゃがみこんで、対象に思いきり目を近づけてみましょう。虫なら、ほかの虫になったつもりの目線で。普通に見ていては描けない景が眼前に広がってくるはず。

あめんぼがあめんぼを見る目の高さ　池田澄子

そうですね。あめんぼを詠むにはやはりあめんぼになりきることが大事です。「蝶蝶の翅(はね)の付け根の筋力よ」（池田澄子）も超ズームアップ。

蟷螂(とうろう)の両眼貌(かほ)にをさまらぬ　土生重次

（をさまらぬ＝収まらぬ）

蟷螂（かまきり）の顔に迫りました。その目の大きさを「顔に収まりきらない」と強調しています。

翅(はね)わつててんたう虫の飛びいづる　高野素十

（わつて＝割って）

対象にぐ〜んと肉薄しました。素十はこのほか「ひつぱれる糸まつすぐや甲虫(かぶとむし)」「くもの糸一すぢよぎる百合の前」など、ズームアップの手法をぞんぶんに生かした句をたくさん詠んでいます。

蜂の尻ふは〳〵と針をさめけり　川端茅舎

（をさめけり＝収めけり）

ここまで顔を近づけたら危険です。でも、いかにもの臨場感。

跳ぶ時の内股しろき蟇　能村登四郎

望遠レンズでずっと蟇の動きを見ながらシャッターチャンスを狙っているカメラマンのようです。跳躍前の力のみなぎってきた内股の筋力をカメラが捉えました。

影を出ておどろきやすき蟻となる　寺山修司

読み手も蟻の目線にさせられます。驚いた蟻の動きが見えるようです。

6　ゆっくり見回す

ゆったりとした視線の流れを詠むという手法もあります。なにを目で追うかがポイントになってきます。

祭笛大河流れて暮れにけり　井本農一

遠くから祭笛。そんななか川の流れをはるかまで目で追います。空もそろそろ暮れなずんできたことにふと気づいた。そんな句です。川の流れで視線のゆっくりとした動きを表現しました。

まさをなる空よりしだれさくらかな　　富安風生

青空から枝垂桜（しだれさくら）へ、上から下への視線の移動。ゆったりとした調べが枝垂桜にぴったり。

鐘の音（ね）を追ふ鐘の音（ね）よ春の昼　　木下夕爾

鐘をひとつ撞いてまたひとつ。その間合いに眺めた風景が読者にも伝わってくるような句になっています。

冬空へ出てはつきりと蚊のかたち　　岸本尚毅

もうすっかり弱った冬の蚊を目で追っていくと、晴れ上がった空にくっきりと…。

東山回して鉾（ほこ）を回しけり　　後藤比奈夫

見物人から見ると鉾が回っているだけですが、鉾を回している人の目線では東山も鉾も回っています。祇園祭で京都の町を巡行する山鉾を詠んだ句。四辻（よつつじ）で鉾を回すシーンです。

7 動きを追いかける

詠もうとするものをカメラの目になって追ってゆきます。読者もカメラを覗いているような臨場感が出れば成功です。時の経過をいかにして感じさせるかが工夫のしどころ。

桐一葉日当りながら落ちにけり　高浜虚子

桐の葉が大きく揺れながら落ちていきます。「日当りながら」で鮮やかに景が再現されました。桐一葉は秋の季語。

土堤を外れ枯野の犬となりゆけり　山口誓子

野良犬の進んでいくところを目で追っていきました。なにかショートムービーでも見ているような気にさせられます。

高々と蝶こゆる谷の高さかな　原　石鼎

「こゆる」（越える）と表現されたことで、読者も蝶の動きを目で追うことになります。

すすき原すすきに触れて月のぼる　　吉屋信子

「すすきに触れて」がポイント。月がのぼってゆく映像が目に浮かぶようです。

8　スローモーション

一瞬の動きを切り取るのも俳句ですが、スローモーションの手法も取り入れてみると効果的なこともあります。

大空へ羽子(はね)の白妙(しろたへ)とどまれり　　高浜虚子

羽子は上がり切ったら一旦は留まります。その瞬間を詠みました。読み手は羽子が上がっていって留まるまでの一連の動きをスローモーションで追体験します。

夏草に汽罐車の車輪来て止る　　山口誓子

止まるまでの車輪の動きを捉えました。ガタンゴトンと、実際よりはさらにゆったりとした時間の流れを感じさせます。車輪／来て／止まるというリズムの効果でしょうか。

寒鴉（かんがらす）己（し）が影の上（へ）におりたちぬ　芝　不器男

鴉が降り立ったら影の上なのは、考えてみたら当たり前です。でもこう詠まれてみると、なにか思いつめたような鴉に感情移入してしまいます。この句もスローモーションで景が再現されますね。

ゆさゆさと大枝ゆるる桜かな　村上鬼城

心地よく大枝が揺れます。ゆったりとした呼吸で詠んだ一句です。

枝豆や三寸飛んで口に入る　正岡子規

ぽつんと莢（さや）を押して、枝豆が口へと飛んでゆくスローモーション。枝豆は秋の季語。

9　遠くを狙う

はるか遠くを眺めて一句。「遠く」というと、思いを重ねた句が多くなりますが、ここでは写生に徹してみましょう。で、なにを詠むか。通り過ぎるもの、動くものなどないかを探してみましょう。

火を焚くや枯野の沖を誰か過ぐ　能村登四郎

人が通ったというだけですが、「枯野の沖」で景が定まりました。

山風にながれて遠き雲雀かな　飯田蛇笏

一点にしか見えない雲雀ですが、「流れて」としたことで絵になります。

遠くほど光る単線稲の花　桂　信子

やや逆光気味で見た風景。光を詠んで単線に表情が出ました。

また一人遠くの芦を刈りはじむ　高野素十

また一人、ということはかなりの時間眺めていたんでしょうか。「情」の部分は詠まれていませんが、人の日々の営みなどに結びつけても味わいのある句です。葦（芦）刈りは秋の季語。

夏祭遠き御輿となりにけり　戸板康二

遠ざかってゆくものを詠む。神輿が遠く視界から消えてゆくまでを眺めての一句です。

魔天楼より新緑がパセリほど　鷹羽狩行

はるかかなたに小さく見えるものをなにかに喩（たと）えてみる。セントラルパークもパセリ程度に見えます。そのギャップが俳句になります。

10 別の景色に切り替える

捉えていた景色から、別の景色に切り替えます。映画監督になったつもりで、二つのシーンを考えてみてください。

火口湖は日のぽつねんとみづすまし　富澤赤黄男（かきお）

火口湖と太陽。なにか古代のイメージの画像です。そして我に返ったような感じで、水辺のミズスマシへカメラが切り替わります。

満天の星や門火（かどび）の燃えのこる　大野林火

夜空の星から門火のアップへ。あたりに人はいません。門火は初秋の季語。お盆の夕方、ご先祖の精霊を迎えるために焚く火のこと。

聞き役に徹してゐたるパセリかな　佐藤郁良（いくら）

話を聞いている男。そしてその男が目を落とした皿の上のパセリへ画面が切り替わります。同じ作者の「渋滞の列を見てゐる心太（ところてん）」も同じ型。

11 景色を一変させる

突然眼前に現れた景色を詠む、あるいは、視点はそのまま動かさずに、見ている対象はそのままで、景色や外観を一変させてみましょう。「こうなればどうなるか」と想像してみることも、ときには必要です。

滝落ちて群青世界とゞろけり　水原秋櫻子

いつも滝は落ちているんですから、突然景色が変わるわけではありません。でもこう詠まれると、かなりの量の滝水が滝壺にどーんと落ちて、直後の景が一変したかのようです。滝は夏の季語。

秋風の一気に父のデスマスク　大木あまり

ふいに父親のことが思い出されました。しかもデスマスクの映像を伴って。一度読むと忘れられない印象的な句になっています。

落椿(おちつばき)とは突然に華やげる　稲畑汀子

落ちた瞬間、椿が華やいで見えた。なるほどそんなふうに思わせる花です。

だしぬけに佐渡の見えたる野分(のわき)かな　細川加賀

雲が急に払われたのでしょうか。大ぶりな句。野分は台風のこと。

12　遠景と小道具

目の前になにか小道具を置いて遠景を取り合わせるパターン。静物画に背景を付ける感覚です。小道具と大きな景色の対比です。

芋の露連山影を正しうす　飯田蛇笏

ぐんと冷え込んだ日の翌朝。晴れ渡った空が見えてきます。「芋の露」とは里芋の葉においりた露の玉のこと。秋の季語です。

涼しさや扇の上の鞍馬山　角川春樹

「お〜、今日は空気が澄んで山がよく見えるね」と差し出した扇の上に鞍馬山。絵の構図が浮かんでくるような句です。「涼しさ」は夏の季語。

三月の海のくろさや貝細工　中　拓夫

春とはいってもまだ光もそんなに強くない日。心象風景でもあるんでしょうか。海の黒さと貝殻細工の白さの対比です。

この星も手狭になりし蠅叩き　安里道子

地球と蠅叩きの取り合わせ。つくづくと感慨を込めてのつぶやき。で、蠅が叩かれるわけです。蠅叩きは夏の季語。

秋晴やまつげの先の松林　　渡辺白泉

これは変化球。「まつげの先」とはなかなか詠めません。自分のまつげがクリアに見えるほど爽やかな秋の一日。

13 色を生かす

白は清潔感、赤は情熱や危うさ、青は知性、緑のやすらぎなど、それぞれの色には一般的なイメージがあります。そんな個々の色の持っている特性を存分に生かしながら詠んでみましょう。

ゆるぎなき青田の色となりにけり　　清崎敏郎

青々とした苗の揺れる風景です。「なりにけり」と断定することで一面の青田が目に浮かびます。

マフラーの白さを惜しげなく垂るる　　行方克巳

おしゃれでリッチな女性なんでしょうか。その人物のひととなりまでが「白」で描かれています。

サフランの花を心にとどむる黄　後藤比奈夫

サフランの雌蕊（めしべ）を乾燥させると香辛料になります。鮮やかな黄色。その雌蕊の印象を詠みました。このようにどこか一点に絞り込んだ「色」を詠むというのもいいですね。

非常口に緑の男いつも逃げ　田川飛旅子（ひりょし）

映画館などの施設でいつも気になるのがあの緑のランプのキャラクター。安全といったイメージもある緑色の男がいつも逃げているというおかしさです。

家々や菜の花いろの燈をともし　木下夕爾

灯の色を菜の花の色に喩（たと）えることで周辺の景色が見えてくるような句になりました。

白牡丹（はくぼたん）といふといへども紅ほのか　高浜虚子

ほのかに紅をさしているところを見つける。観察眼のたまものです。

14 小動物の表情

小動物の表情を詠んでみる。これも俳句です。グンと近づいて気持ちを重ねて詠みます。擬人法を活用するのが基本です。

やれ打な蠅が手をすり足をする　小林一茶

蠅の困惑した顔つきが見えてきます。蠅の生態をよく観察していないと、こういう動作を詠んだりはできないですね。

尺蠖（しゃくとり）の哭（な）くが如くに立ち上り　上野　泰

「哭くが如く」がリアルですね。動きが手に取るように伝わります。尺蠖は尺取虫のこと。

口開けて顔のなくなる燕の子　佐藤和枝

もちろん顔がなくなってしまったわけではありません。でもよくイメージは伝わります。こうした断定が印象深い句をつくるポイントです。

舟虫のじっとしてゐるときの髭（ひげ）　今井千鶴子

髭を動かしてあたりをうかがっているところ。舟虫の髭に焦点を当てたというのがいいですね。緊迫感が伝わります。舟虫は夏の季語。

15　俯瞰ショット

空から見下ろすようなアングルで景色を詠む。鳥や凧（たこ）あるいは神の目線になってみてください。

稲妻や浪もてゆへる秋津島　与謝蕪村

「ゆへる」は「結える」。髪を結うとかと同じです。秋津島とは日本の古名。波で日本列島を結ったという、いかにも雄大な句です。稲妻は秋の季語。

鳥雲に入（い）るここよりは日本海　福永耕二

鳥の目になって日本海を俯瞰しました。「鳥雲に入る」は、春になって北方へ帰っていく鳥が、雲間へと見えなくなっていくさまを言います。

空ひとつ海は七つよいかのぼり　篁　李月

（いかのぼり＝凧のこと）

いったいこの凧はどこまで上がっていったんでしょうか。ところで、凧はその昔、祭礼の行事に用いられていたことから、春の季語になっています。お正月の季語ではありませんのでご注意を。

16 シズル感

シズル感は、よくカメラマンが使う用語です。あつあつの料理、きりっと冷えたビールなどをどうおいしそうに見せるか。基本はアップで撮ること。鍋物ならぐつぐつ煮えている湯気、ビールならグラスの水滴を強調します。俳句でもこの基本は同じです。

ふるふるとゆれるゼリーに入れる匙（さじ）　川崎展宏

ゼリーへ入れる匙ということでグンとクローズアップです。「ふるふると」でさらに再現性の高い句になりました。

冷酒の氷ぐらりとまはりけり　飴山 實

氷へのアップ。きりりと冷えた吟醸酒のグラスに氷を一つ落として飲むところでしょうか。それとも徳利（とっくり）を冷やしている器の氷でしょうか。どちらにしても呑ん兵衛にはこたえられない句です。冷酒は夏の季語。

ゆつくりと引けばめくれて桃の皮　岩田由美

桃を剝（む）く指へズームアップ。これは生唾モノです。「つややかな葉のはなれよき椿餅」（鷹羽狩行）では葉をはがす瞬間を描きました。

桶の茄子（なす）ことごく水はじきけり　原 石鼎

もぎたての艶々した茄子（夏の季語）。鮮度がいいと水のはじきもいいようです。茄子の色艶が目に飛び込んできます。

17 筆致(タッチ)を使い分ける

まず描きたい対象を絞り込みます。で、その対象をどう描くか。油絵風か、水墨画にするか。絵のタッチを決めます。

蒲(がま)の穂のまつすぐに雨斜めなり　今井千鶴子

線だけで描いたような写生句です。要素を絞り込んで構図を決める。色合いもモノトーンでまとまっています。いわば墨絵でしょうか。蒲の穂は夏の季語。

太陽が歪んで沈む麦の秋　片山由美子

一面の麦畑と入り日。単純な絵柄です。でも油絵のような重厚感があります。「麦の秋」は麦の穂が黄色く色づく頃、夏の季語です。

葉桜の中の無数の空さわぐ　篠原　梵

葉桜そのものを詠むのではなく、その中からこぼれてくる夏の日差しに着目。点描画のように仕上げました。

雪とけて村一ぱいの子どもかな　小林一茶

雪解けの村に子どもたち。声まで聞こえてきそうです。童画のタッチ。

18 影を主役に

『影をなくした男』（シャミッソー）は謎の男に自分の影を売ってしまうという小説ですが、やはり影は大事に扱わないといけません。影を詠むことで立体感も出ます。文字どおり陰翳のある句にもなります。

名月や畳の上に松の影　榎本其角（きかく）

月・畳・松。ジャポニスムです。シンプルにまとめて「松の影」に焦点を当てました。其角は江戸前期の俳人。芭蕉の高弟です。

影を出て影を曳き出す油虫　鷹羽狩行

日陰者の油虫にも影がありました。視点が面白いですね。

わが影に来て影添ふや岩清水　　中村苑子

影にドラマを演じさせる。フォトジェニックなシーンになります。「清水」は夏の季語。

噴水に影はるかなるものばかり　　野澤節子

淡い影なんでしょうか。人生を振り返っての視線です。「噴水」は夏の季語。

Ⅱ　五感で勝負する

「よく見て詠め」とよく言われますが、
それだけでは、せっかくの句材を見逃します。
匂いを嗅ぐ。耳を澄ます。
触れてみる。味わってみる。
五感をフルに使って句材を探してください。
匂わないものを匂わせる。聞こえないものを聞く。
そんな奥の手もあります。

19 香りで人を描く

どこかその人を彷彿(ほうふつ)とさせる匂いってありますよね。そのときの情景や思いがよみがえる。そんな匂いを見つけましょう。どんな人をどんな匂いと結びつけて詠むか。このあたりが工夫のしどころです。

香水の香ぞ鉄壁をなせりけり　中村草田男

人柄まで浮かびあがらせるのがすごいです。「鉄壁」とまではなかなか言えません。香水は夏の季語。

あんずあまさうなひとはねむさうな　室生犀星

あんずのなんだかけだるいような甘い香り。まぶたが重くなった表情が浮かびます。

羅(うすもの)をたためばどこか刃の匂ひ　小泉八重子

作者自身を詠みました。心がたかぶっているままに帰宅したところ。いったいなにがあったんでしょうか。「うすもの」とは羅(ら)・紗(しゃ)・絽(ろ)など薄く織った生地の着物のこと。

もっとも、最近では和装に限らず、洋装の場合でも使われるようです。

20　匂いでドラマ演出

危険な香りもあればホームドラマのようなぬくみのある匂いもあります。その匂いで背後にあるドラマを読者に想像させる。そんな手法です。

売られゆくうさぎ匂へる夜店かな　五所平之助

売られてゆく兎だとどうしてもその目だとかを詠みたくなりますが、この句では匂いに着目しています。哀感たっぷりです。

濡れて来し少女が匂ふ巴里祭(パリーさい)　能村登四郎

待ち合わせにでも遅れて雨の中を駆けてきたんでしょうか。「匂う」ということで汗とか息遣いまで感じさせる句です。巴里祭は七月十四日。

黴(かび)匂ふ城にランプと占師　赤尾恵以

どこか外国のお城。なにやら怪しげです。ランプと占い師という道具立てと黴（夏の季語）の匂いでドラマに仕上げました。

あかるくてつれなくて柚子（ゆず）匂ふかな　伊藤通明

柚子の香に甘酸っぱさというところはありません。さわやかすぎるがゆえにせつない。そんな物語が詠まれています。

21 匂わないものを匂わす

本来匂いのないはずのものや抽象的な事柄を匂わせます。具体的に言ってしまわないで匂いで表現することで詩的になります。「そんな予感がする」といったニュアンスを込めたりもできます。

鉛筆に雪の降り出す匂いあり　高野ムツオ

雪や雨が匂うとはよく言いますが、ここでは鉛筆を匂わせました。

貧乏に匂ひありけり立葵(たちあおい)　小澤　實

貧乏臭いというのは、いったいどんな匂いなんでしょうか。「立葵」とくるとなんだか覚悟の上の貧乏という感じもします。

初雪は生まれなかった子のにおい　対馬康子

追憶とか悔いとかが淡く匂ってきます。

すれ違ひざまに火の香や秋の蝶　河原枇杷男(びわお)

なにとすれ違ったかは明らかではありません。蝶とも考えられます。なにか一触即発のような。蝶のいらだちでしょうか。

むらさきは月の匂ひの霜ばしら　千代田葛彦

ちょっと複雑なつくりの句。むらさきという色が匂う。このむらさきは霜柱の色。それが月の匂いがするというのです。霜柱が月光にあやしく光ります。

桃咲けば桃色に死が匂ひけり　結城昌治

桃の花の香りに死の気配が漂いました。それを「死」が匂ったと言い切りました。

22　記憶が匂う

匂いの記憶は生涯続くといわれます。昔でも最近でもかまいませんが、なにか思い出してみてください。実際にその匂いを嗅いで、ふと当時の記憶がよみがえった——というのが、つくりやすい型です。

馥郁（ふくいく）と黴（かび）の香（か）立てり母の家　草間時彦

久しぶりに帰った実家。ああこの匂いが母の家の匂いだという感慨。黴は夏の季語。

水おしろいは母の匂ひよ昼寝覚（ひるねざめ）　永方裕子

水おしろいとは化粧水に粉おしろいをまぜたもの。さっぱりとした匂い。そんな薄化粧の母がふっと匂いました。昼寝は夏の季語。

てのひらに汐（しほ）の香（か）残る送り盆　木内彰志

残り香はいろいろ応用がききます。

精霊流し。海に近い河口だったんでしょう。汐の香りが手に残りました。香りでその場所を想像させる。そんな句です。

同じ残り香では「菖蒲湯（しょうぶゆ）の香（か）に染みし手の厨（くりや）ごと」（及川貞）といった句もあります。早々と菖蒲湯を済ませたあとの台所です。

父を嗅（か）ぐ書斎に犀（さい）を幻想し　寺山修司

父の書斎。鎧（よろい）をまとったようにうかがい知れない父親の心の中を覗くかのように匂いを確かめる。記憶の中の父の匂いです。こんなふうに、書斎の匂い↓父↓犀と、連想ゲームのようにして句をつくるのもいいですね。無季ですが味わい深い句です。

23 匂った一瞬

匂いを感じたその瞬間を詠みます。そのときの情景が明快に浮かぶように場面設定をきっちりしたうえで句に仕上げないと、匂いに実感が伴いません。

柚子の香のこつんと湖の舟着場　関戸靖子

湖での舟遊びでしょう。船着場に舳先がこつんと触れた瞬間、柚子が匂った。情景もあざやかです。

斧入れて香におどろくや冬木立　与謝蕪村

斧を振り下ろした、その一瞬。男の顔が浮かぶようです。

風呂敷がゆるみて桃の匂ひせり　清水径子

おみやげの桃でしょうか。さてと取り出そうとした際、風呂敷がゆるんで…。

魚くふて口腥し昼の雪　夏目成美

ふと感じた生臭さ。雪との取り合わせが新鮮です。成美は一茶の良き庇護者でもあった俳人。清雅な句風で知られる。

24
音に浸る

音に浸っている時間を詠みます。静寂なひとときにふと聞こえる音、その音のほかにはなにも考えられない状況など。音だけの世界を詠んでください。

蟻地獄松風を聞くばかりなり　高野素十

日差しの強い夏の日の午後。松林のなかの散策でしょうか。松風のほかなにも聞こえないような、そんな心象風景とも思えてきます。蟻地獄もそんな心境で獲物を待っています。

蟻地獄はウスバカゲロウの幼虫。穴を掘り、落ち込んだアリなどを捕食します。

冷奴柱時計の音ばかり　柳家小三治

冷奴で晩酌。ひとりの夕餉(ゆうげ)です。静まり返った茶の間に柱時計の音ばかりが響きます。

リリリリリチリリリリチチリリと虫　原　月舟

これは音を音でそのまま写生したような句。虫の声に集中しています。

パチンコ店滝の音なす終戦日　大木あまり

滝の音とは言い得て妙ですね。店内の軍艦マーチがほかの音をかき消してしまっています。ちょっぴり皮肉な味付けもあって面白い句です。

さびしさや水からくりの水の音　大場白水郎

物憂い時間はリフレインで詠むというのは一つの型です。物憂いひとときを、聞くでもなく聞いている「水の音」。

風鈴の音の中なる夕ごころ　後藤比奈夫

風鈴の音に浸りきっている時間。「音の中なる夕ごころ」という表現が決まりました。

25 物音の擬人化

単なる音を人の声のように詠む。なにかのメッセージが込められているかのように。

捕鯨船嗄れたる汽笛をならしけり　山口誓子

汽笛を人の声のように嗄れさせました。捕鯨船（冬の季語）なら声量も充分なハスキーヴォイスです。

火も水もひとりの音の秋の暮　岡本　眸

ひとり暮らしの物音。台所でのガスの火の燃える音、食器を洗う水の音やお風呂場で流す水の音。そんな音と会話するような静かな暮らしを詠みました。

涙溢るるごとくひぐらし鳴きいだす　結城昌治

蜩の声に感情を重ねて。そんな夕暮れ時です。

26 聞こえないはずの音

神経を研ぎ澄ませてこそ聞こえてくる（ような）音。そんな音に耳を傾けてみましょう。なにか重さの感じられないようなものが触れたり、落ちたとき、音を感じる。そんなつくり方です。

日盛りに蝶のふれ合ふ音すなり　松瀬青々

繊細なこころの中で聞く音。作者はこの音にどんな気分を重ねているんでしょうか。聞こえない音を聞く。これも写生です。日盛りは夏の季語。

海鼠(なまこ)には銀河の亡ぶ音聞こゆ　高野ムツオ

自分じゃなく、海鼠に聞かせました。だれにもそんなことは確かめられません。言ったもの勝ちです。海鼠は冬の季語。

鏡餅小さな鼾(いびき)立てにけり　栗林千津

鏡餅も三が日を過ぎて、来客も途切れて、ついうとうとと…。

冬眠の蝮(まむし)のほかは寝息なし　金子兜太

聞こえるはずもない蝮の寝息。それが聞こえるほどの静寂。上手い喩(たと)えですね。

蝶墜ちて大音響の結氷期　富澤赤黄男(かきお)

なんと蝶が落ちただけで大音響。そんなわけないですが、結氷期の緊迫した雰囲気の中ではそうなのかとも思えます。

跫音(あしおと)や水底は鐘鳴りひびき　中村苑子

水の中でも鯨や海豚(いるか)(冬の季語)は鳴き声で遠方まで信号を送るようですが、人には聞こえません。そんな水中で鐘が鳴り響きます。足音を聞いて心ときめいている作者の胸の底で鐘が鳴り響いているんでしょうか。

27 見えるように音を詠む

音を見えるように詠む。音がまるでかたちあるもののように詠んでみてください。俳人は音を見たりもできないといけません。なかなか大変です。

海くれて鴨のこゑほのかに白し　松尾芭蕉　(こゑ＝声)

鴨の鳴き声が白く見えた。はてどういうことでしょう。薄暮のなかにじっとたたずんでいるとそんな気になってくるのでしょうか。

炎天や張り手のごとき中国語　安里道子

これはよくわかります。破裂音の多い中国語で早口でまくしたてられたらまるで顔を張られたようです。

にはとりの声の擦り減る桃の花　渡辺鮎太

鶏もあまりに鳴き続けていると絞り出すような声になってきました。「擦り減る」が言い得て妙です。

うぐひすの音のすべりくる畳かな　正木ゆう子

これは作者の実感。いかにも「すべってくる」ような音色です。「爪先(つまさき)にとどく潮騒籐寝椅子(とうねいす)」（片山由美子）も同じです。

すゞしさや鐘を離るゝ鐘の声　与謝蕪村

さすが蕪村です。鐘の音が鐘を離れるところが見えています。

郭公(かつこう)の声のしづくのいつまでも　草間時彦

雫のような感覚で郭公が鳴いています。瑞々しい声といったイメージも湧いてきます。

囀りに色あらば今瑠璃色に　西村和子

囀り（春の季語）を瑠璃色に喩えました。ユニークな捉え方ですね。詩的です。

28 声のバリエーション

人の声にもいろいろあります。ねっとりした声、さわやかな声、甘ったるい声などなど。そんな声を季節感のある情景と組み合わせてください。

やり羽子や油のやうな京言葉　高浜虚子

語尾をちょっと延ばし気味にしゃべるからでしょうか。そんなところを油のようだと捉えました。晴れ着での羽子つきです。

やり羽子は、二人以上でつく羽子つきのこと。ひとりでつくのを「揚げ羽子」といったそうです。

なまはげになりきつてゐる地声かな　　荻原都美子

どすのきいた声を思いきり張り上げて。きゃあきゃあと逃げる子どもを追いかけます。

くちびるを出て朝寒のこゑとなる　　能村登四郎　（こゑ＝声）

口を開くのもおっくうな寒い朝。ふっと出た自分の声を詠みました。朝寒は晩秋の季語。

盆僧の嗄れたる声の暮れにけり　　日下部宵三

お盆で大忙しのお坊さん。朝からお経をあげどおしです。

鬼の豆おのれおどろく声の出て　　高井北杜

日頃はそんなに大きな声を出すこともない生活。豆撒きのときくらいは、さあ大声を出そうと、やってみました。

29 触感を詠む

なにかに触れたときの感触を句にします。指先や首筋など触覚の鋭いところがなにかに触れる。そんな場面を設定してみましょう。とはいっても実感が第一ですが。

夏足袋（なつたび）の指の先まで喜びぬ　後藤比奈夫

指の一本一本まで足袋におさまった。その涼しげな感触が伝わります。肌に触れる布の質感でいろいろ詠み分けてください。

唇（くち）あつるコップの厚き砂糖水　富安風生

（あつる＝当てる）

コップの厚みに着目。繊細な感覚とごつごつしたような安手のコップの取り合わせが上手いですね。砂糖水は夏の季語。

首すぢにほつと蛍の生まれけり　あざ蓉子

首筋へ蛍がふっと飛んできてというシーン。まるでいまふっと生まれたような微妙な感じを詠みました。

やはらかき母にぶつかる蚊帳(かや)の中　今井　聖

子どもの頃の記憶を呼び覚ましての一句。そのやわらかさに「おやっ」と思った一瞬がよみがえります。

うしろ手をつきし畳も春めけり　柴田佐知子

畳のどこかすこしあたたかいような感触が手のひらに感じられます。手仕事でもしていて「やれやれ」とうしろ手をついたところ。この動作で状況が見えてきます。

湯上りの爪立ててむく蜜柑(みかん)かな　西村和子

爪の先に神経を集中しているとき。蜜柑の甘酸っぱいしぶきが見えるようです。

30　微妙な温度感覚

はっと感じた冷たさ。ほっとするあたたかさ。感じたその瞬間を詠むのが基本。季語で微妙なその感覚を補強します。

手をつけて海のつめたき桜かな 岸本尚毅

海を冷たく感じるのは手。もちろん桜ではありません。中七で切れています。まだまだ寒さの残る花どきの海。色の取り合わせも効果を上げています。

耳打ちをする子の息や猫柳 冨士眞奈美

生あたたかい、こそばゆいような息が吹きかかります。猫柳の穂先の感覚。

みどりごのてのひらさくらじめりかな 野中亮介

「さくらじめり」で愛しさのようなものも感じさせました。

頬杖の指のつめたき夕野分(ゆふのわき) 高柳重信

こちらは頬杖をつこうと頬に指が触れたときの感覚。秋も深まりました。野分は台風の意。

朝顔や素顔に叩く化粧水 雨宮きぬよ

ぽんぽんと軽く叩いたときのひんやりした、あの感じ。

31 グルメレポート

味を表現するのにグルメレポーターは言葉をあれこれ費やしますが、なかなか視聴者には伝わりません。俳句はさらに映像や音がないだけになおさら工夫が必要です。

牡蠣（かき）フライ熱きを噛みて誕生日　村沢夏風

「噛む」が眼目です。じゅっと牡蠣の熱い汁が舌を焦がした、その一瞬。「晩年やつるりと熱き葱（ねぎ）の芯」（鷹羽狩行）もいかにもおいしそうです。

荒星（あらぼし）の匂ひのセロリ齧（かじ）りたる　夏井いつき

歯ざわりと香りでみずみずしさを表します。荒星とは、木枯らしの夜に出ている星のこと。ひと口齧ったら、きりりと冷えたような荒星の匂い。荒星ということでぽきっという触感も感じさせました。「歯ざわりが香りひきたて寒の芹（せり）」（鷹羽狩行）も同じ趣向です。

そら豆はまことに青き味したり　細見綾子

朝採りのそら豆かもしれません。色で味を言い切りました。

しろがねのどろめのれそれ生姜擦れ　小澤　實

どろめは鰯の、のれそれは穴子の稚魚。どちらも生姜を擦ってずるずる啜（すす）ります。ひらがなを並べた字面もいかにもおいしそう。

Ⅲ　目の付けどころ

日頃は気にもとめないようなところ、
そんなところに意外と句のテーマがひそんでいます。
隅の方へ目を向ける。
見過ごしているところはないかと探す。
終わってしまったあとを詠む。
がっかりしたことがあったらそれも句にしてしまう。
みんなが目を付けないところに句材ありです。

32 つまらない景色を詠む

なにも俳句にできるものがないなぁなどと思ってはいけません。つまらないものこそ俳句の素材になります。思いきりつまらないもの、役に立ちそうにないものを探しましょう。

岡持（おかもち）が干され都心の夕つゝじ　木村蕪城

蕎麦屋でしょうか、店先に干されている岡持（おかもち）。都会の風物詩ではあります。こうしたちょっと人が気がつかないようなものを探します。

饅頭の天邊（てっぺん）に印あたたかし　中原道夫

饅頭の天辺に印はつきものですが、さして気にもされません。そんなところに目を付ける。「あたたかし」がいいですね。「あんぱんの葡萄の臍（へそ）や春惜しむ」（三好達治）はあんぱんの臍に目をつけました。「あたたかし」は春の季語。

邯鄲（かんたん）の粗末なる虫の鳴きにけり　後藤夜半

邯鄲とは薄絹をまとったような一センチ五ミリほどの虫。中国の故事「邯鄲（都市の名前）の夢」が名の由来です。栄枯盛衰も一夜の夢。そんな感慨を込めての句かもしれません。しかし「粗末」と言われた虫のほうは立つ瀬がありません。

手拭で縫ひたる袋蝗捕り　滝沢伊代次

蝗は見ないで、その袋に目を付けました。

抓み上ぐでんでん虫の肉の裾　飯島晴子

これも同じ。「ふ〜ん、これが肉の裾か」と抓んでみるところ。

33

二階を詠むと成功しやすい

ビルの高階とかだとそんなにイメージは膨らみませんが、家屋の二階はなかなかいいテーマです。二階から見える景色、通りから眺める二階の気配、階段の上り下りなど。二階にはドラマ発生装置があるかのようです。

叱られて姉は二階に柚子(ゆず)の花　鷹羽狩行

二階には子供部屋。一人になれる空間です。さてどんなドラマがあったんでしょうか。「柚子の花」の香りがやさしく包みます。

うなぎやの二階にゐるや秋の暮　大場白水郎

まだ日のあるうちにうなぎで一杯。窓から人通りなど眺めつつ…。いいですね。

夏山の見ゆる二階の蔵書かな　山本洋子

いかにも涼しい景となりました。避暑地でゆっくりと読む本を物色中といったところ。

二階より素足下りくる春の朝　辻田克巳

娘さんでしょう。元気のいい声が聞こえそうです。

いつも二階に肌脱ぎの祖母ゐるからは　飯島晴子

あねご肌の矍鑠(かくしゃく)とした祖母が二階にどっしりと。「ゐるからは」で、あとは読者の想像におまかせというつくりです。「肌脱ぎ」は夏の季語。

34 困ったときの「風」

風にまつわる季語はずいぶんありますが、ただの「風」もなかなかやります。
大根は風呂吹きとかでは主役ですが、その癖のなさから焚き合わせや煮物、刺身のつまなどには欠かせない名脇役です。俳句における「風」も大根に劣らぬ使い勝手のいい素材です。困ったときの「風」頼み。ぜひお試しください。

夕風の吹くともなしに竹の秋　永井荷風

散歩にぶらぶら。どうということもなく一日が終わります。竹林が揺れるともなく揺れています。気分を少しかぶせて「風」を上手くもってきました。「竹の秋」は竹の黄葉期のこと。春の季語です。

捕虫網風を孕（はら）みて売られけり　行方克巳

夏休みです。子ども連れの親子が店先にいます。捕虫網を一本買いました。風の強い日です。で、この句になります。同じ作者の「風」の句に「しやぼん玉吹きつつ風を連れありく」「菖蒲田（しょうぶだ）の色をひつくり返す風」があります。

単衣（ひとへ）着て風よろこべば風まとふ　中村汀女

ひとえものをまとってうきうきしたような気分がよく出ています。これも風の効用。
単衣（ひとえ）は夏の季語。

風立つや風にうなずく萩その他　楠本憲吉

「風立ちぬ、いざ生きめやも」。ポール・ヴァレリーと堀辰雄を従えてきた風です。萩も作者もそんな気分で頷いているんでしょうか。

ふはふはのふくろふの子のふかれをり　小澤　實

ふの韻を踏んだやわらかな調べの句。「ふかれをり」と風を登場させたことで詩情が醸されました。梟（ふくろう）は冬の季語。

どの子にも涼しく風の吹く日かな　飯田龍太

子どもが公園で遊んでいます。さてどうしましょうか。しばらく眺めていましたが、なにも浮かびません。そんなときこそ「風」の出番です。

35 当たり前をしれっと詠む

「そう言われればそうだなぁ」というのではなく、正真正銘の「当たり前」を詠んで俳句にしてしまう方法です。あれこれ説明せずに詠む。季語の働きが重要になってきます。

もの置けばそこに生(うま)れぬ秋の蔭　高浜虚子

ものを置けば影はおのずからできます。でも「秋の蔭」ということで句が成立しました。具体的になにの影かを言わないで読者に想像させているのも、句に広がりが出ている要因と言えるでしょう。

春愁(しゅんしゅう)や眼鏡(めがね)は球をふけば澄み　上村占魚

所在なく眼鏡を拭くしぐさ。いかにも春愁です。

百歳は花を百回みたさうな　宇多喜代子

そりゃそうです。でも桜を見続けてきた老人がどういう人なのか、あれこれ想像してしまいます。桜だから俳句になります。

豆腐屋は豆腐をつくる雪五尺　黒田杏子

「是がまあ終の栖か雪五尺」（一茶）の句が下敷きになっています。人間の営みです。豆腐と雪の白さが響き合います。

冬の波冬の波止場に来て返す　加藤郁乎

なにも目新しい景色ではありません。でも「冬」「波」の繰り返し、寄せては返す波の景色で心の中まで沁み通ってくるような叙情があります。

片あしのおくれてあがる田植かな　阿部青鞋

足は同時に上げると転びます。おくれるのは当たり前。でもこう表現されると片足が泥の中から上がってゆく様が迫ってきます。

36 目の前を通るもの

目の前を行き過ぎるもの。これを見逃さずに詠みましょう。比較的つくりやすいパターンです。名句、佳句もずいぶん生まれています。

おかあさんどいてと君子蘭通る　池田澄子

ハハハ、これはよくある状況ですね。娘さんが居間か客間へ鉢植えの君子蘭を運んでゆくところ。「君子」とエラそうな名前の花をもってきたことでユーモア溢れる句になりました。

己(おんどれ)といふ初声の通りけり　茨木和生

声を通らせてみるという例。「おんどれ」ということで状況（「どかんかい！」とか言ったんでしょう）も人物像も浮かび上がってきます。「初声」は新春の季語。

ザリガニの音のバケツの過ぎにけり　山尾玉藻

「音」が通ったということで臨場感がぐんと出ました。

昼寝ざめ剃刀(かみそり)研ぎの通りけり　西島麦南

どんな掛け声で通るんでしょうか。いかにも昼寝覚めにぴったりなのんびりした昼下がりです。刃物と昼寝のイメージのギャップも面白いです。

跳び乗ってみたき貨車過ぐ月見草　今井　聖

青春への慕情でしょうか。月見草（夏の季語）がきいています。

なまはげの股間を猫が通りけり　鳥居真里子

猫にしたら別に怖くもなんともないただの人間なんでしょう。

37 なにかがやってくる

ちょっと待ってみましょう。きっとなにかがやってくるはずです。なにか句材になりそうなものが見当たりませんか。

涼風の曲りくねつて来たりけり　小林一茶

風は、景に奥行きを出すのにはもってこいです。長屋にひとりの侘び住まい、風も路地を曲がりくねってきます。でもまあ涼しくていいか、といった気分でしょうか。作者の臍（へそ）も曲がっています。

隙間風屛風（びょうぶ）の山河からも来る　鷹羽狩行

屛風の山河から吹き渡ってくる風とは豪勢な。でも隙間風です。

蚊が一つまっすぐ耳へ来つつあり　篠原　梵

まあときにはこんな厄介者もやってきます。「夕立が門を入って来たりけり」（大串章）は夕立が堂々と門からやってきたところ。

東大寺空より春の来たりけり　星野麥丘人（ばくきゅうじん）

目には見えないもの。そう、春もやってきます。東大寺の空を眺めての一句。

38　比較してみる

なにかと比べてみることで、よりイメージが膨らみます。俳句では「なにかに喩（たと）える」というのは重要な表現法ですが、比較することも句に奥行きをもたせる効果があります。

稚児（ちご）よりも憎うつくしき花会式（はなえしき）　角川春樹

花会式は釈迦の誕生を祝う行事。とかくかわいいお稚児さんに目が行きがちですが、憎に焦点を当てました。

夜よりも昼の淋しき屛風（びょうぶ）かな　岸本尚毅

こちらは時間帯での比較。昼が淋しいという視点が新鮮です。そういわればそうだなという気がします。屛風は冬の季語。同じ作者に「花辛夷（はなこぶし）よりも小さき鳥が来て」という句もあります。辛夷の花にきた小鳥を詠みました。

風よりも身を細うして牛蒡引く　今瀬剛一

「牛蒡（ごぼう）引く」は秋の季語。冷たい風の日、できるだけ風に当たらぬように、という農作業です。「風よりも細く」はユニークな表現ですね。

水よりも日のつめたくて花わさび　宮坂静生

ひんやりとした沢の水よりもさむざむとした光。花わさびは夏の季語。

ヴィーナスの唇よりも濃き罌粟の色　仙田洋子

ヴィーナスの絵はいろいろありますが、ここでは絵画の唇の色よりも実際の唇の色に思いをはせてみるほうがよさそうです。

39

端っこを詠む

俳句を詠む素材は意外なところにあります。端や隅、縁などでなにか俳句の切り口になるようなものを見つけましょう。普通だと見逃してしまうようなものをふと見つける。そんな作者の視線も感じさせます。

蠅の子をつくづく将棋盤の縁　佐々木六戈

相手の長考を待つ間の時間を感じさせます。暑い午後なんでしょうか。

錦絵の端に描かれし蜆舟　榎本好宏

きらびやかな錦絵の端にさりげなく描かれた蜆舟を見つけました。

海原の端のまるみや山桜　鷹羽狩行

大きな物の端がどうなっているか。そんなところもチェックしましょう。この場合は海の青と桜を取り合わせました。

号泣の眼の端をゆくかたつむり　対馬康子

叫ぶように泣いていながら、目の端っこを我関せずとかたつむりがゆきます。それが見えている作者もどこか醒めています。

さつきから夕立(ゆだち)の端にゐるらしき　飯島晴子

向こうの空を見ると晴れ間が見える。そんな夕立です。端にいる自分を詠む。「青空の隅にゐるごと花筵(はなむしろ)」（大木あまり）も同じです。

うちの子は端つこの星聖夜劇　北村かつを

聖夜劇はクリスマスのキリスト降誕劇。わが子はどこかと見渡してみると…。その他大勢組でした。

40 覗いてみる

知らずに通り過ぎてしまいそうなものにも興味を持って覗き込んでみます。俳人は好奇心を失ってはいけません。でも「なにを覗くか」「どんな状況で覗くか」「覗いてどうだったか」をすべて詠むわけにはいきません。ポイントを絞りましょう。

魚籠(びく)のぞく夕日明りに落鰻(おちうなぎ)　秋元不死男

釣り人がいました。「どれどれ」と覗いてみるとウナギ。夕日明りがぬめります。落鰻は秋に産卵のために川を下る鰻のこと。

夏鶯(なつうぐひす)井戸覗くとき手をつなぐ　宇多喜代子

怖がる幼子の手をつないで覗いてみます。いかにも涼しげな一景。

蟬の穴覗く故郷を見尽くして　中村苑子

久しぶりの帰省。でもそろそろ飽きてきて…。「蟬の穴」（夏の季語）ということで自分の来し方に思いをはせているような意味合いも感じます。

藻の花を覗けば他界も暗かりき　河原枇杷男（びわお）

池を覗きこんでみると、まるで真っ暗な他界のように思えてくる。わかります。藻の花は夏の季語。

寒牡丹（かんぼたん）はづかしきまで覗かるる　西村和子

覗いているのは俳人でしょうか。「喇叭（らっぱ）水仙のぞくものではありません」（川崎展宏）という句もあります。それでも俳人は覗くわけです。

41　一ヵ所に絞る

全体をぼーっと眺めていてもなかなか句にならない。そんなときはどこか一ヵ所、その一点に着目してみましょう。

観音の腰のあたりに春蚊（はるか）出づ　森　澄雄

おやっ、もう蚊が出たなと思ったときなど。漠然と蚊が出たというより、こんなふうにどこから飛んできたかを詠むと景が見えてきます。「腰のあたり」と具体的に絞り込むのがコツです。

赤ん坊の蹠まつかに泣きじやくる　篠原鳳作　（蹠＝足の裏、まつか＝真っ赤）

泣くといえば赤子の顔を詠んでしまいがちですが、ちょっと目線を変えてみると、新しい発見があります。

秋風をきくみほとけのくすりゆび　澤木欣一

紅葉のお寺。縁先でぼんやり庭を見て。秋風を頬に感じたりします。「みほとけ」も秋風を聞いているというだけでは句になりません。指を持ってきたのが繊細な感覚。仏像の印相（手や指のかたち）なども思われます。

天ぷらの海老の尾赤き冬の空　波多野爽波

海老の尾へ目を止めました。その赤と灰色の冬空との取り合わせ。

眦に金ひとすじや春の鵙　橋本鶏二

鵙の眼に焦点を当てました。そのひとすじの金色と春の光が響き合います。

42 真ん中を詠む

真ん中に主役をどっしりと置く。あるいは大景の真ん中になにかワンポイントを置いて、より広がりを感じさせる…。いろいろアプローチしてみてください。

銀杏(いちょう)散るまつただ中に法科あり　山口青邨

映画のワンシーンのようです。ここはスローモーションで銀杏を散らさないといけません。主人公が気になります。

涼しさの真ただ中や浮見堂(うきみどう)　井上井月

景色の真ん中になにかを配して広がりを出す。そんなテクニックです。「雪吊(ゆきつり)の松を真中に庭広し」(高浜虚子)、「青大将太平洋に垂れ下がり」(大串章)といった句もあります。「浮見堂」は奈良公園・鷺池に浮かぶお堂。井月は江戸末期から明治にかけての俳人。放浪の人でした。

首出して湯の真中に受験生　長谷川双魚

温泉でしょうか、銭湯でしょうか。入ったら湯殿の真ん中にぽつねんと受験生。首までどっぷり受験勉強に浸かっているはずの学生です。

日輪や蝌蚪(かと)の水輪の只中に　水原秋櫻子

（蝌蚪＝おたまじゃくし）

小さな水輪の中になんと太陽。こういうちょっとした発見も句になります。

凡(おほよそ)のまんなかをゆく薄原(すすきばら)　正木ゆう子

分け入ったら自分が真ん中です。「梅林の真中ほどと思ひつつ」（波多野爽波）も同じ手法です。

みな椿落ち真中に椿の木　今瀬剛一

真ん中になにがあるかというとやはり椿の木。真ん中なのに脇役だったものにスポットを当てました。

43 しばらく眺める

「よく見て詠め」というのが俳句の基本。でもどう詠めばいいでしょう。いくら眺めていても別段変わったところもありません。そんなときは「時の流れ」を詠んでみましょう。ちょっとした時間の経過をどんなものや情景で表すか。これがポイントになります。

とゞまればあたりにふゆる蜻蛉(とんぼ)かな　中村汀女

足を止めて物思いに沈んでいた。ふと気がつけば…。そんなシーンです。蜻蛉の空へ目を転じてこころも少し晴れたんでしょうか。

寒鴉(かんがらす)一羽は塔を得たりけり　武井清子

冬空をずっと見続けています。鉄塔の続く枯れ野でしょうか。鴉がその鉄塔の頂きで羽根を休めました。鴉の目で枯れ野を見回している作者。

さざなみの上に刻(とき)過ぐ春の鯉　廣瀬直人

池の面を静かにじっと眺めている作者のまなざしが一句になりました。

おもしろうてやがてかなしき鵜飼（うかい）哉　　松尾芭蕉

「時間の経過とともに〜」という代表句ですね。

しづかなる力満ちゆき螇蚸（はたはた）とぶ　　加藤楸邨

（螇蚸＝バッタ）

もう跳ぶか、もう跳ぶかと、バッタの脚の動きなどをじっくり観察して…。

白藤や揺りやみしかばうすみどり　　芝　不器男

汚れのない澄んだ時間の流れのようなものも感じさせます。

44　ぼかして詠む

ものや気持ちなどを限定せずに雰囲気だけを示す。とっかかりだけはそれとなく言って、あとはぼんやりと詠みます。成功すれば句に広がりがでます。

冬夕焼（ふゆゆやけ）女の棄てしもの流る　　加藤楸邨

いったいなにを棄てたんでしょう。手紙でしょうか。ネッカチーフかもしれません。物ではなく思い出とか未練とかを川へ流したとも考えられますね。

うまく言えずなんかこうグラジオラス　池田澄子

そう言えばグラジオラスも花としてどのあたりをアピールしようとしているのかわかりづらいですね。

なんとなく鶏卵とがり百日紅（さるすべり）　齋藤　玄

鶏卵が尖って見えるような精神状態の日。

金柑（きんかん）のどことなく気に障（さわ）りけり　飯島晴子

テーブルの上に置いてある金柑までなんだか気に障る。色合いも形も香りも。そう詠まれると「そんな日ってあるなぁ」という気になってくるから妙です。

45 行き当たりばったり

ぼんやりと生きてみる。そんな過ごし方も、ときにはいいですね。人生ってけっこういいものだなぁと元気づけてくれる句。目的もなく、出かけてみて、そこで出会ったものを詠みます。

青嵐神社があったので拝む　池田澄子

吹き飛ばされそうな夏の嵐（青嵐）。でも神社の近くを通ったら拝んでみる。そんな余裕を持ちたいですね。「秋茄子や誰もいぬので拝んでみる」（宇多喜代子）も拝んでいます。

行く先はどこだってよくさくらさくら　池田澄子

まあそんなお花見もいいかもしれません。

何気なく来て菜の花に囲まるる　宮崎夕美

こういうことがあるから行き当たりばったりは楽しいです。

昼蛙どの畦のどこ曲らうか　石川桂郎

けだるいような一日。さてどうしたものかと考えています。でもまあ、どこを曲がろうが一緒なんですが。蛙は春の季語。

白地(しろぢ)着て思はぬ遠き処(ところ)まで　鈴木鷹夫

涼しい日。気分がいいので足を延ばしました。「白地」は夏の季語。

46 はじまりを詠む

文字どおりなにかはじまったところを詠むもよし。なにかの予兆を感じてそれを句にするもよし。季節の変わり目を捉えるというのもいいでしょう。よく観察して、なにかのはじまりを見つけます。

枯色が眼よりはじまるいぼむしり　後藤夜半

（いぼむしり＝かまきり）

冬へ向かってかまきりも枯蟷螂(かれとうろう)（冬の季語）になる準備をはじめました。

花の芯すでに苺のかたちなす　飴山　實

雌蕊(めしべ)のかたちに苺のカタチを発見です。

青葡萄垂れながき夏はじまりぬ　木下夕爾

葡萄が垂れたから夏がはじまったわけではありませんが、こんなふうに自分の感覚で言い切ってしまうことが大切です。「牛市に但馬の冬ははじまりぬ」（京極杞陽）。こちらはオーソドックスに行事で冬をはじめさせました。

箸割つてわが冷麦の季来たる　星野麥丘人

自分の中での季節感を詠むのもいいですね。

あぢさいの色にはじまる子の日誌　稲畑汀子

宿題の絵日記の一ページ目。紫陽花の「色」ではじまったということでクレヨンかクレパスの絵のタッチなども想像させます。

47 終わりを詠む

せっかく行ってみたのにもう終わってしまっていた…。でもそんなときでも一句ものにしましょう。終わったことを詠むことで、そのシーンをよみがえらせます。どこかへポイントを絞って、それを取り合わせてください。

菊畑をかたづけてゐる烟かな　岡井省二

見頃はとっくに終わってしまって菊を焚いているところ。作者も読者も咲き誇っていた菊へ思いをはせます。

サーカス小屋たたまれてゐる桜かな　黛まどか

サーカスのテントが畳まれて、いままで隠れていた桜を見つけました。

初夢の扇ひろげしところまで　後藤夜半

舞いがいよいよはじまるというところで目が覚めて…。尻切れトンボの終わりを詠みました。扇という小道具を上手く使ってシーンを想像させています。

鮎すでに落ちたる川の色を云ふ　飯島晴子

もう鮎のシーズンも終わった頃。鮎の去ったあとの川の色に着目しました。

大航海時代終りし鯨かな　橋本榮治

時代の終わりを詠むというのも一つのパターンです。鯨は冬の季語。

48 なにかを動かしてみる

なにかを引っ張ってみたり、動かしてみたりしての変化を詠みます。なにもないようなときは、手を広げて景色を眺めたりするのもいいかもしれません。

指一つにて薄氷（うすらひ）の池動く　後藤比奈夫

池の端で薄氷を見つけました。で、指で少し押してみました。それを池を動かしたと表現。「指一本で動いた」というのが面白いですね。薄氷は早春の季語。

石投げて水を笑はす春隣（はるどなり）　渡辺鮎太

今度は石を投げてみます。「水を笑わせた」とはいかにも春隣です。

蔓(つる)踏んで一山の露動きけり　原　石鼎

こちらは思わず踏んでしまった蔓。露が急に降ってきた驚きを「一山の露」と誇張してみました。露は秋の季語。

単三電池四個で動く冬銀河　今井　聖

なんと冬銀河を乾電池で動かしてしまいました。

49　そのものになりきる

動物を擬人化して詠むというのも型の一つですが、植物や風、滝などなど…。いろんなものに感情移入してみましょう。そのものになりきった視線で詠むことが大事です。

はらわたの熱きを恃(たの)み鳥渡る　宮坂静生

厳しい寒さを避けて南へ越冬のために渡ってきます。何千キロ、何万キロという距離を寒さに耐えて飛び続ける渡り鳥に見事になりきりました。

しっかりと見ておけと滝凍りけり　　今瀬剛一

おっと〜。滝が大見得を切って凍りました。

曼珠沙華散るや赤きに耐へかねて　　野見山朱鳥

あの毒々しいような赤に曼珠沙華自身が耐えかねていると見ました。

福助の坐り疲れや果ての雪　　伊藤敬子

座りっぱなしの福助の身になって…。

蛇穴を出てまつさきに水鏡　　鳥居真里子

穴を出て、わたしだったらなにを真っ先にするだろうか…。まず、やつれてないだろうかと水鏡で確かめるというのが作者の答えでした。

おもしろかつたねと浮輪より出る空気　　正木ゆう子

ときには浮輪の空気とかにもなってみましょう。

桃曰く憂きものはわが種なりと　河原枇杷男

そうですね。あんな大きな種を抱えたままでは桃だって大変です。人間も苦労の種の一つや二つは抱えていますが…。

海に出て木枯帰るところなし　山口誓子

海の果てまでゆく木枯らしに自分の気持ちを重ね合わせました。

50 高さを見つける

それぞれのものにはほどのよい高さというものがあります。そんな高さを考えてみるのも面白いかもしれません。「そう言われればそうだな」と読み手の納得するような高さを見つけてください。

桐の花らしき高さに咲きにけり　西村和子

桐の花には桐の花らしい高さがある。言われてみればそんな気がしてきます。そして花を見上げる目線も決まります。同じ作者に「月見草胸の高さにひらきけり」という句もあります。「胸の高さ」ということでなにかせつないような気分の句になりました。

シャンデリア涼しと思ふ高さかな　本井　英

大広間のシャンデリア。かなり天井高もありますから、ゆったりと見上げる感じ。照明の役割を果たしながら、暑苦しさを感じさせない高さというのがありそうです。

打水（うちみず）の匂いの浮いてくる高さ　池田澄子

作者は水が匂い立ってくる高さがあると言います。で、読者も考えます。打水は夏の季語。

人の世を見下ろす高さ木守柿（こもりがき）　西山春文

木守柿とは収穫を終えたあとも数個残しておく柿の実のこと。そんな柿が世の中を見回すべき高さに残されています。

大輪の菊を活（い）くるに高さあり　稲畑汀子

活けるには目の高さが重要。どんな座敷か、どんな会場かによって、頃合いの高さが変わってきます。

噴水の高さを決める会議かな　鳥居真里子

ハハハ、いかにもこんな会議がありそう。

51 微妙な重さ・軽さ

思っていたよりも意外と重かった、軽かった。あるいはふと重さを感じたといった瞬間を詠みます。意外性だけではダメ。季語をうまく使って、そのときの作者の状況が明快に描けていないといけません。

をりとりてはらりとおもきすすきかな　飯田蛇笏

お月見用のすすきでも手折ったところ。はらりと手に受けましたが案外重さがあった驚きです。「はらりと」ということで意外な重さだったことが伝わります。かな書きも効果的。

旅の手に福笹(ふくざさ)しなふ重さあり　有働　亨

福笹は十日戎(えびす)などで大判や小判の細工を付けた笹。新年の季語です。しなったときに感じた重さ。なにかそんな感じはよくわかります。

子がねむる重さ花火の夜がつゞく　橋本多佳子

おぶっていて子が眠ると急に重くなります。どうしてなんでしょうか。

衰(おとろ)ふや一椀おもき小正月　石田波郷

（衰ふ＝衰える）

いつも使い慣れた椀なのに重く感じる。ずいぶん弱ってきてるんだなあという感慨。

体温の抜けて重たき花衣(はなごろも)　西宮　舞

着替えて手に取った花衣が急に重くなったように感じられます。さてどうしてだろう。もちろん冷えているのは脱いだからですが、あたかもそれまでは血が通っていたかのような擬人法が利いていいます。「花衣」は花見に着て行く晴れ着。

いとかるき柾目の皿や蓬餅(よもぎもち)　長谷川　櫂

食べ終わってふと木製の皿を持ち上げたときの驚きです。

虫籠に虫ゐる軽さゐぬ軽さ　西村和子

いても軽い、いなくても軽い…。虫の軽さを強調しました。意外なアプローチです。

52

がっかりして一句

期待して行ってはみたものの、がっかりということって名所旧跡でもよくあります。でもそこでめげないのが俳人です。そのときの「がっくり」を一句に残してください。

噴井（ふきゐ）ありその名轟くほどは出ず　中原道夫

名前が轟（とどろ）いているような由緒ある噴井。ならばきっと水量もすごいんだろうと出かけてきました。読者も下五で一緒になってがっくりというつくり方です。

花はもう終りましたと吉野駅　稲畑汀子

駅へ降りたらこんな看板。それならそうとなにかで知らせてよと言いたくなります。

想像のつく夜桜を見にきたわ　池田澄子

なんだこんな夜桜か。ライトアップもイマイチだなあ…。でも出かける前から、どうせそんなことだろうなと思ってたわよ。そんなにくまれ口もたたきたくなります。

53 ばかばかしいことを詠む

別段どうってことはないのに、なんだかおかしい。こんなことのなにがそんなにおかしいのかわからない。でもやっぱりおかしい。そんな句を詠みます。いかにも俳句らしい、俳句でしか詠めない世界です。

すつぽりと大根ぬけし湖国かな　橋　閒石

ただ大根が抜けただけ。でも妙に間の抜けたおかしさがあります。湖国は近江（滋賀県）。

人間と暮してゐたる羽抜鶏　今井杏太郎

「羽抜鶏」は羽毛が抜け変わる頃の鶏。夏の季語。そのいかにも侘(わび)しいような、それでいてけたたましいキャラクターが俳人に愛されています。

そんな羽抜鶏が人間と暮らしているという、そこはかとないおかしみです。飼われているんですから、一緒に暮らしているのは当たり前なんですが…。

立泳ぎして献立を聞いてをり　　今井　聖

ハハ、そんなことってありますよね。「わざわざ立ち泳ぎしてまで聞くなよ」と突っ込みたくなります。

八月の畳にをんな肥(ふと)りたり　　藤木清子

みんなが夏痩せしてゆくなかで。あまり運動もしないいんでしょうね。

遠足バスいつまでも子の出できたる　　小澤　實

ひょっとしてこのまま止まらないでずーっと出て来るんだろうかなどとふっと頭の中で考える。当たり前の情景を「永遠」や「不思議」「超現実」に変える。そんな詠み方です。「遠足」は春の季語。

頼朝の首を抱へてゐる菊師　　菊田一平

ハハハ、菊人形の準備中ですから、そりゃあそんなことも当然あります。俳人の目になってこそ拾える句材ですね。

Ⅳ

「ひと」がおもしろい

人の最大の関心事は自分を含めてやはり「人」です。
これほどおもしろい素材はありません。
でもここに落とし穴があります。
あなたのことをまったく知らない読み手に
家族とかの句がどれだけ伝わるかは疑問です。
類想ゾーンでもあります。切り口を絞り込んで、
できるだけ明快にシーンが浮かぶような工夫が必要です。

54 人物の登場場面

人がやってくる。これは俳句にしやすいシーンです。読者に「おやっ、どんな人なんだろう」と思わせるのがミソ。「現れ方」「意外性」でこれからなにがはじまるんだろうと興味を抱かせます。集団を詠むのもいいでしょう。

俗物の顔秋風を割つて来る　中原道夫

秋風と俗物の取り合わせ。なんだか妙におかしいです。「割って」ということで颯爽(さっそう)とという感じがします。が、俗物なわけです。この句のほかにも「ひらかなのように男がやってくる」(大西泰世)、「涼風の一塊として男来る」(飯田龍太)、「手をあげて此世の友は来りけり」(三橋敏雄)などがあります。

冷や飯がぞろぞろと来る春霞　坪内稔典

「冷や飯」ばかり食わされている男たち。なんだか冴えません。でも春霞が救いです。「わいわいもぶらぶらも来る冬の波止(はと)」(坪内稔典)。これも男たちを上手く言い換えて一句にしました。

黴（かび）の花イスラエルからひとがくる　富澤赤黄男（かきお）

人は外国からもやってきます。季語の取り合わせが大事。ほかにも「冬晴れのとある駅より印度人」（飯田龍太）などがあります。「黴の花」は夏の季語。本当は黴は胞子でふえるので花は咲きません。いちめんの黴を「花」と形容したもの。

炎天より僧ひとり乗り岐阜羽島　森　澄雄

電車に乗り込んできた人も要チェックです。岐阜羽島という微妙な新幹線の駅ということで興味がわきます。

まつ青な蘆（あし）の中から祭の子　中西夕紀

子どもの登場も格好の句材となります。かわいい祭り半纏（ばんてん）を着ているのでしょう。「祭り」は夏の季語。

三船敏郎コスモスを咥（くは）へ来る　今井　聖

椿三十郎がコスモスを咥えてやってきました。こういう実際の有名人の登場シーンを詠むのも面白いです。

55 着替えて一句

出かける前、毎日のように着替えます。そんな日常のワンシーンでも季節感あふれる句がつくれます。やはり季節の変わり目がいいですね。

紺足袋（こんたび）の四枚こはぜや今朝の冬　戸板康二

今日は和装。気持ちを定めるように、ゆっくりとこはぜをはめてゆきます。「紺」が決まっています。「今朝の冬」は立冬のこと。

朝すゞや肌すべらして脱ぐ寝巻着（ねまき）　日野草城

めっきり涼しくなったと感じる朝に一句。触覚を上手く使って季語へつなげています。

ワイシャツに手を通しつつ朝桜　岸本尚毅

窓からは朝桜。光もすっかり春です。通勤前のさわやかなひととき。

甚平（じんべい）着て女難の相はなかりけり　安住　敦

甚平は夏に着る袖なしの単衣（ひとえ）もの。素肌にこれを着て洗面所へ。鏡を見ての述懐です。

ひるまへに空酒（からざけ）をちと更衣（ころもがへ）　茨木和生

「空酒」はつまみなしで飲む酒。衣がえしたら、気分も変わってちょっと一杯。酒飲みはなんとでも理由をつけて飲みます。

56 自分の名を詠み込む

俳句は一人称の詩だといわれたりします。自分の名を詠み込んで親への想いや生い立ち、自負などを詠んでみましょう。

父が附けしわが名立子（たつこ）や月を仰ぐ　星野立子

この月にどんな思いを込めているのかはわかりません。父である虚子を見ているのでしょうか。それともこれからの自分の人生へ思いを巡らせているんでしょうか。豊かな時間が流れます。

春や達治(たつはる)幽霊坂をのぼりくる　大屋達治

幽霊坂というのがとぼけています。東京には十以上「幽霊坂」と呼ばれている坂があるそうです。幽霊となった自分が自分を眺めているような句です。

悠といふわが名欅(けやき)の芽吹くかな　正木ゆう子

名の由来などにからめて自分の性格を描くのが名を詠み込んだ俳句の型ですが、これは字義を欅の芽吹きに託しました。

妙(たえ)といふ吾が名炎(も)えたつ八月よ　柿本多映

大文字の送り火のひとつ「妙法」の文字なんでしょうか。どこかに自分の名の文字を見つけたら早速一句です。

初空や大悪人虚子の頭上に　高浜虚子

虚子以外ではちょっとこんな句は詠めないですね。「天の川のもとに天智天皇と臣虚子と」なんて句も詠んでいます。いやはや。

57

癖を見つける

なくて七癖。気づかないでやっている癖ってけっこうあるものです。その癖で人物像が浮かび上がってくるように詠む。季節感と臨場感を出すことが肝心。

鼻にゆく手の淋しさよ冬霞　桑原三郎

これは人がよくやるしぐさ。知らずにふと冷たい鼻に触れて、あれっと我に返ったところで一句です。

匙(さじ)なめる癖の生涯ふゆいちご　清水哲男

自分でちょっと厭だなと思いつつやめられない。そんな癖もあります。

冬帽の子に瞬(また)きの癖ありて　山田ゆう子

きっとつぶらな瞳なんでしょう。元気いっぱいでちょっと緊張気味の子です。

毛虫焼く僧の貧乏ゆすりかな　長谷川双魚

僧が殺生をしています。しかも貧乏ゆすりまで。「毛虫焼く」は夏の季語。

もり塩にあるじのくせや秋灯　清水凡亭

行きつけのお店なんでしょう。いつもの特徴のある盛り塩です。

口癖が「別に」の彼と冬木立　津田このみ

口癖も句材になります。いつも心ここにあらずの男。冬木立が二人の関係を暗示しているかのようです。

58 人の品定め

あ〜ぁ、こんな人だったのかとがっかりしたこと、どうもこういう人らしいと気づいたことなどを句にします。厭味が出ないように注意。

経験の多さうな白靴だこと　櫂　未知子

いい男だけどどうも気障っぽい。白靴もピカピカに磨き上げています。

パナマ帽散髪に行くだけのこと　安里道子

まっすぐな背筋のお年寄り。ちょっと頑固で、ちょっとおしゃれで。おまけに几帳面(きちょうめん)な性格とお見受けしました。

ひと言で人を裁いてうすごろも　西山春文

いいます、いいます、そんな人。で、美人だったりするから厄介です。「うすごろも」は夏の季語。

納涼船はしゃぐ男と乗り合はす　宇多喜代子

一人ひとりの顔をつぎつぎと見て。作者のため息が聞こえてきそうです。

59　体の一部分で詠む

体の一部分の動きでその人の全体像をより鮮明に表します。どの部分の動きがポイントかをよく見極めましょう。

青年に青年の肘弓始(ゆみはじめ)　大島雄作

弓始は新年の儀式。弓を引き絞った肘に目を付けました。力強さと若々しさ…。

レッスンの脚よくあがる荷風の忌　中原道夫

バレエのレッスン。練習風景が目に浮かびます。荷風忌は四月三十日。

立春の喉仏なりよく動く　津田このみ

コーラでも飲んでいるところなんでしょうか。男を喉仏一点で詠みました。

言ひつのる唇(くち)うつくしや春の宵　日野草城

こちらは話も聞かず、くちびるを眺めています。

針供養女の齢(よわい)くるぶしに　石川桂郎

首筋とかに齢が出るとかいいますが、くるぶしにもご用心を。

腹筋を鍛へ女の夏来たる　岩津厚子

さあやるぞという声が聞こえてくるような。

60　ナルシストになってしまう

しみじみと自分の体をいとおしんで眺めたり、触れたりしてみましょう。髪、指、膝頭あたりがよく詠まれます。ちょっと物憂いような気分をただよわせて仕上げます。

行く秋の抱けば身に添ふ膝頭　　炭太祇

膝小僧を抱え込んで。いかにも秋です。「手花火の夜はやはらかき膝がしら」（柿本多映）は屈んで花火をしていて、ふと触れた膝頭。太祇は江戸中期の俳人。

双腕はさびしき岬百合を抱く　　正木ゆう子

両の手を広げて百合の花束を受け取ったところ（違うかもしれませんが）。理由はわかりませんが淋しさがそのときよぎりました。

罌粟ひらく髪の先まで寂しきとき　　橋本多佳子

「髪の先までが寂しい」。この言い切りがすごいです。

61 人柄が出るしぐさ

知らず知らずに習慣になっていること。言われてみてはじめて気がつく、そんな優しいしぐさを見つけます。季語そのものを道具に使うと成功率が高いようです。

時雨傘開きたしかめ貸しにけり　松本たかし

なにげない動作ですが、やさしい人柄がしのばれるようなシーンです。いいところへ目をつけました。

一つだけ突いて紙風船渡す　後藤比奈夫

まあ確かめなくても膨らんでいるのは目でわかるんですが、ついやってしまいます。紙風船は春の季語。

風鈴の舌をおさへてはづしけり　川崎展宏

そうですね、風鈴をはずすときはそっと舌をおさえる方がいます。なんとも奥ゆかしいしぐさですね。

ゆたんぽを入れてふとんの端たたく　小原啄葉

念には念を入れてということで。

秋晴の口に咥（くは）へて釘甘し　右城暮石

大工仕事で釘を咥えてという人はけっこういるようです。プロっぽいですね。

薫風や肘で押さへし答案紙　西山春文

教室でのワンシーン。窓から青葉を抜けてきた風。

62　母の句は変化球で

母の句は難しい。特に母への思いを詠む場合、どうしても情緒過多になります。母の味などは超類句ゾーンでもあります。といって母の句で虚（うそ）を詠むのはいけません。対策は具体的なシーンで詠むこと。手料理や夜なべといったテーマは避けたほうが無難です。

鰯雲子は消しゴムで母を消す　平井照敏

母が疎(うと)ましい…。そんな年頃ってあります。描きかけの家族の絵。その母親のところを消してしまいました。

傷舐めて母は全能桃の花　茨木和生

「痛いの、痛いの、飛んでけ〜」。昔、母親はよくまじないをかけたりもしたものです。子供も母親に対する絶大な信頼感を抱いていたわけです。

母の日の母にだらだらしてもらふ　正木ゆう子

「母の日くらいはゆっくりすれば」。といってもなかなか母親はそういうわけにもいきません。でもむりやりだらだらしてもらいました。お母さんのキャラクターが明快に伝わる句になっています。

道を掃く母に燕の来たりけり　柴田佐知子

母親へのやさしいまなざしをさらりと詠みました。空には初燕。

こんなこと書くかと思ふ母の文　吉川英治

ぶっきらぼうな口ぶりの中に母への思いを込めました。

63 得体の知れない父

母親の句はかなりの数がありますが、それに比べて父親の句はどうも少ないようです。さてどう詠んだものやら…。なかなかつかみどころのないのが父親です。その得体の知れなさを逆手にとって句にしてしまいます。

端居（はしゐ）してたゞ居る父の恐ろしき　高野素十

気にはかかるけれどなにを考えているか推し量れないという怖さ…。端居は夏の季語。縁先や窓辺で涼をとることです。

刃物もつ父かもしれぬ緑蔭（りょくいん）に　坊城俊樹

なにか複雑な事情がありそうです。恋愛沙汰でしょうか。それとも恨みつらみが限界まで来て家を飛び出していったんでしょうか。いずれにしても緊迫した場面です。

このわたに唯なががかりし父の酒　松本たかし

ただ黙ってひとり酒を飲む父。肴は海鼠腸だけ。

雪女郎おそろし父の恋恐ろし　中村草田男

雪女郎に父親の恋を重ねました。正体のわからないものへの恐れです。

64 夫婦のほどよい距離感

つれあいを詠むなんて…。そんなこと言わないでください。お互いを認め合った上での程よい距離感。これはけっこう句材として良質です。

屠蘇散や夫は他人なので好き　池田澄子

そういえば親や子供とは血がつながっていますが、夫は他人です。屠蘇散とは薬草をブレンドしたもの。日本酒にこれをまぜてお屠蘇をつくります。

熱燗の夫にも捨てし夢あらむ　西村和子

一緒に酌み交わしている夫の昔の熱い夢。お互い知らないことがまだまだありました。同じ作者の句に「麦笛や夫にもありし少年期」。そうです。男は傷つきやすい少年のころをまだ持っているんです。

サングラス掛けて妻にも行くところ　後藤比奈夫

おやっ、いったい今日はどうしたんでしょうか。はやりのサングラス。あんなものいつ買ったんだろうとか思いつつ見送ります。

さうめんや妻は歌舞伎へ行きて留守　草間時彦

はいはい、素麺を食べておきます。ごゆっくり。夫はいつも留守番です。

風邪の妻きげんつくりてあはれなり　富安風生

なにも言わなくてもお互いの気持ちは伝わります。年季が違いますね。

65 父というぎこちなさ

会社では部長とか呼ばれている人も家庭ではどうも居場所がありません。どうしてもなにをやってもぎこちないことになってしまう。そんな自分を戯画化してみます。

やや酔ひて子の部屋を訪(と)ふ細雪(ささめゆき)　鈴木鷹夫

ちょっとお酒が入ってないとまともに子供と話ができない…。まあそんなわけでもないんでしょうが…。

すてこの父はちよこまかすべからず　辻田克巳

いつも妻や娘から言われている小言(こごと)です。「だから褞袍(どてら)は嫌よ家ぢゅうをぶらぶら」（波多野爽波）。どちらも「男はつらいよ」という句。

もう呑みませんと豆炭にいうてをる　西野文代

面と向かっては言えず、豆炭に？　なんと気の弱い…。

仏壇に坐らぬ柿は父の柿　鈴木鷹夫

どこかおさまりの悪い父親を坐りの悪い柿に喩(たと)えてしまいました。

ゴリラ不機嫌父の日の父あまた　渡辺鮎太

しぶしぶ子を連れて動物園へ。「せっかくの休みなのになぁ」というつぶやきがあたりの父親たちからも漏れてくるようです。休日の過ごし方もなにかぎこちない父親たち…。

66 微妙な兄弟関係

兄弟の関係はそれぞれいろいろです。妹の兄への思い、末っ子とほかの兄弟との関係などなど。家庭ごとに思い出もまちまちです。兄弟同士がどんな間柄かが伝わるような状況設定が必要です。

花火の夜兄へもすこし粧(よそほ)へり　正木ゆう子

家族だけで花火を見る。普段は男と意識しないでいる兄だが、ちょっと化粧してみる。そんな女心と兄への思いを詠みました。「花火の夜」だからこその句。

雛あられ鷲づかみして兄たりし　亀丸公俊

女の子が並んでいる部屋へやってきて、雛あられを荒っぽくつかんでみる。これはまあ照れているだけのことなんですが…。

妹は泣けばすむなり蓮華草　佐藤郁良

とばっちりが兄のほうへ。ちょっとふてくされる場面です。蓮華草（れんげそう）という季語を取り合わせることで、妹への優しい気持ちが伝わります。

馬乗りの兄が大好きさくらんぼ　島田牙城

「どうだ、まいったか」と兄が馬乗りに。でも実は仲良しわんぱく兄弟です。

妹の電話秋蚊の減らぬこと　安里道子

電話での長話。何歳になっても姉は妹のいちばんの相談相手です。

卒業の兄と来てゐる堤かな　芝　不器男

二人してなに話すでもなく…。兄が一人だけオトナになっていくような気もしている弟なんでしょうか。

蛇泳ぐ姉がもつとも笑ひけり　鳥居真里子

急にヒステリックに笑いだす。姉のことがよくわかっている妹ですが、ちょっとおやっと思いました。蛇が季語（夏）。

白酒や姉を酔はさんはかりごと　日野草城

いつもお説教ばかりする姉への意趣返し。でもあとでこんな悪戯を笑い飛ばせるような間柄なんだとわかります。白酒は雛祭りに供えるお酒。

67

少年期を詠む

声変わりなどもあってオトナへ脱皮してゆく時期。ピーターパン症候群という心理学用語もあります。なにかと複雑な時期。句材としても魅力的です。そのなんとも言いようのないもどかしさの中にいる少年をどう表現するか――。

少年ありピカソの青のなかに病む　　三橋敏雄

ピカソの青の時代の絵。暗い沈んだようなバックの青が印象的です。そんなちょっとアンニュイな青の世界で少年が病んでいます。単にピカソと言っただけではイメージに幅が出すぎます。「青の時代」だからこその句です。無季の句。

算術の少年しのび泣けり夏　　西東三鬼

夏休みの算数の宿題ができなくてというわけでもなさそうです。「しのび泣く」ということで読者も自分の少年期へ思いを巡らせます。

林檎投ぐ男の中の少年へ　　正木ゆう子

さてうまく受け止めてくれるかどうか…。男性のなかの少年のこころがどう応えるのか気になります。

百合切つてくれし少年尼僧（にそう）めく　　中村苑子

ノンセクシャルなようでそうでないような微妙な少年の風情を尼僧に喩(たと)えました。

少年は必ず老いて夏惜しむ　八田木枯

で、作者の現在もそうなわけです。

少年が血の味を言ふ麦の秋　鈴木鷹夫

成長期の微妙な時期だけに、なにげないひと言がちょっと気になります。「麦の秋」は初夏の季語。

少年に帯もどかしや蚊喰鳥(かくひどり)　木下夕爾

いかにも遊び盛りの少年らしい動きを捉えて一句。「蚊喰鳥」は蝙蝠(こうもり)の異称で夏の季語。

どう見ても子供なりけり懐手(ふところで)　岸本尚毅

なんだかほほえましいシーンです。「懐手」は冬の季語。

少年の商才かなし九月尽(じん)　楠本憲吉

これも少年の一面ではあるわけで…。「九月尽」は九月末日のこと。

68 子どものしぐさ

小さな子どものしぐさや動きでかわいさを詠みます。ぎこちなさやちょっとしたしぐさがほほえましい。そんな子どもの動きを切り取りましょう。

げんこつを開いて桜貝呉(く)れし　西嶋あさ子

桜貝は春の季語。一所懸命に浜辺で探してくれました。落とさないようにぎゅっと握ったまま走ってきて「ほら」と手をひらいたところ。

年きけばちゃんちゃんこより指出して　長谷川双魚

年齢は指で示さないといけないとでもいうかのように。

知らぬ子に袂(たもと)摑まれ祭の夜　飯塚やす子

おやっと思ったらよその子でした。お祭りの中、親にはぐれて心細かったのか、それとも親と間違えたのか。どちらにしても愛おしくなるような子どもの動作です。

大き炉に招かれて子のかしこまる　大串　章

「ほら、こっちへいらっしゃい」とオトナばかりの席へ招かれました。思わずかしこまったような表情でもじもじしています。

さくらさくらこどもは頭から歩く　津田このみ

そうですね。そんな歩き方です。あたりは満開のさくら。

薄氷(うすごほり)そつくり持つて行く子かな　千葉皓史

おっと持って帰れるかな――。そんなやさしい作者のまなざしがいいですね。薄氷は早春の季語。

69

老いをさらりと

老いをふと感じた瞬間を詠む。それでなくともテーマがテーマですから、ここはさらりと詠むに限ります。あまり暗いイメージの季語を取り合わせると重くなりすぎますからご注意を。また、老いを笑いのめすようにふてぶてしく詠むと、捨てがたい味が出ます。

残る生(よ)のおほよそ見ゆる鰯雲　齋藤　玄

大空いっぱいに広がる鰯雲を振り仰いでの感慨。

天上もわが来し方も秋なりき　中村苑子

だれか故人への思いもあるんでしょうか。天上も秋です。

着ぶくれしわが生涯に到りつく　後藤夜半

これまでの来し方も振り返っての現状肯定です。

ぢいさんがばあさんとゐるさくらんぼ　星野麦丘人(ばくきゅうじん)

二人っきりの静かな暮らしもいいものです。さくらんぼで明るさを加えました。

白髪へたどりつくまで牡丹雪(ぼたんゆき)　鳥居真里子

白でこれからの生き方をイメージした句。牡丹雪のように生きて白髪までというのはどんな生き方なんでしょう。

爺々と蟬にいはるるまでもなし　辻田克巳

うそぶいてみせました。まだまだエネルギー溢れる充実の人生です。

70 死のイメージを描く

シンボリックなものでも、自分が死ぬときの想像でもかまいません。辞世の句というのではなく、いわば「死」のイメージをスケッチするようなつもりでつくってみましょう。

暗がりに檸檬泛かぶは死後の景　三谷　昭

暗いトーンの銅版画のようなイメージです。レモン（秋の季語）がワンポイントカラー。なにを象徴しているんでしょうか。

気がつけば冥土に水を打つてゐし　飯島晴子

死後の景を思い浮かべて……。まあ思い残すこともなしという達観でしょうか。「水打つ」は夏の季語。

死者薄く眼をあけてゐる月夜かな　眞鍋呉夫

薄目で見上げると、はるかに月。淋しいけれど静かな世界です。

枯野ゆく棺のわれふと目覚めずや　寺山修司

別の自分の目が、棺(ひつぎ)の中の自分を見つめています。

世を去るは風になること花は葉に　和田耕三郎

これはさわやかなイメージ。死を「風になること」と定義付けました。「花は葉に」は桜の花が散って葉桜になること。

死ぬときも派手に和蘭陀獅子頭(おらんだししがしら)　櫂　未知子

和蘭陀獅子頭は琉金から変異した金魚(夏の季語)の品種。優美とはいえ、いささか派手なつくり。そんな金魚のように人生を華々しく終えたい。そんなイメージです。

71

子どもと遊ぶ

子どもとの遊び。ちょっと距離のある父と子、風邪をひいてむずかる子と母親、などなど状況をよく定めてから詠まないと、単なる報告になってしまうので注意しましょう。

父がまづ走つてみたり風車（かざぐるま）　矢島渚男

風車を買ったのに子どもが興味を示しません。そこで走って回してみせました。

捕虫網買ひ父が先ず捕らへらる　能村登四郎

やんちゃな子どものお相手。親馬鹿な一面を句にします。「子にみやげなき秋の夜の肩ぐるま」という句も詠んでいます。

咳の子のなぞなぞ遊びきりもなや　中村汀女

母親の情愛を込めて。子が寝つくまで延々となぞなぞ遊びは続きます。咳は冬の季語。

縄跳びの端をもたされ木の葉髪　長谷川双魚

木の葉髪とは、初冬の頃抜け毛が増えるのを落ち葉になぞらえてこう言います。こんなお父さんも、ときに見かけます。

石投げて心つながる秋の水　木下夕爾

男の子同士の場面とも考えられますが、父親と子どもと捉えても味がある句。

72

顔の七変化

くしゃみやあくび、驚いた一瞬、いわゆる破顔一笑などなど。表情の変化を捉えて一句にします。どう変化したかを少し誇張して描きます。喩(たと)えを使うのも有効です。

蟷螂(とうろう)に近づけて顔尖(とが)りたる　大串　章

蟷螂(かまきり)を、どれどれと近くで見ようとする顔。緊張するあまりなのか、尖ってきました。

くしやみして面（つら）八方に歪みけり　藤田湘子

くしゃみの顔はよく詠まれます。どう誇張するかがポイントです。

甚平や欠伸（あくび）のあとの長き顔　今瀬剛一

あくびのあとさきの顔にも注目しましょう。あくびで膨らんだ顔が元の馬面に戻りました。甚平を着て手持ち無沙汰な時間が流れています。

厄落し来し表情となりしかな　稲畑汀子

厄落しは節分の夜などに行われる行事。厄年の人は厄祓いをしてもらいます。それを済ませてどこかさっぱりした感じで帰ってきたところ。

大根（だいこ）焚（たき）あつあつの口とがりけり　草間時彦

ものを食べるときの表情も狙いましょう。あつものを食べるシーンや思いきり辛いもの、冷たいものなど。いろいろの料理でつくれそうです。大根焚は十二月、京都の了徳寺で、大根を煮て親鸞上人に供え、参詣人にも供する行事。

炎天下貌失ひて戻りけり　　中村苑子

表情をすっかり無くすほど憔悴する。そんなときの顔です。

73

職業で詠み分ける

職業別に人物を詠み分ける。仕事中でもよし、休憩中でも、通りかかったところでもかまいません。その職業らしい背景（季語）の選び方がポイントです。

レントゲン技師の見ている帰燕かな　　山崎嘉朗

広々とした秋の空。レントゲンで見る肺とかとの対比が面白いです。

芒野で透ける郵便配達夫　　大西泰世

どこへ届ける郵便物なんでしょうか。芒野が幻想を生みます。

いつのまに教師も遊ぶ草矢かな　　長浜　勤

あれこれしているうちに先生も本気になってしまって生徒を狙っています。「草矢」は夏の季語。すすきなどの葉を矢羽根（やばね）の形に裂いて投げ矢のように飛ばす遊び。

ぶらんこに乗つて助役は考へる　夏井いつき

なにか問題でもあるんでしょうか。助役という微妙なポジションです。「ぶらんこ」は春の季語。

運転手地に群れタンゴ高階（こうかい）に　西東三鬼

繁華街での明暗。こんなシーンがありそうです。無季の句。

写真屋の燕尾服着て七五三　木田千女

まあどんな服でもいいわけですが、七五三ということで。

狂言師ぼろ市のなか通りけり　橋本榮治

狂言師とぼろ市。なんだか妙に似合います。ぼろ市は世田谷ボロ市のこと。毎年十二月と一月に行われます。

舟大工あやめの中を歩きけり　岸本尚毅

あやめがいいですね。あでやかな絵になりました。

74 脇役の人生模様

主役は花火であり、祭りの神輿（みこし）であったりします。そんななかで目立たないけれど名脇役という人がいたりします。そんな人の人生模様なども考えながらの作句です。

花火の夜椅子折りたたみゐし男　三橋敏雄

花火が終わった後の特設ステージ。こういうときに思わぬ句材が見つかります。

祭酒ひとりは寄付を数へをり　橋本榮治

柱の陰などにこんな人を発見しました。こういう縁の下の力持ちで祭りが滞りなく進むわけです。

寺男けふ刈る草を刈りはじむ　金久美智子

寺男の日常を思って一句。明日もまた草刈りです。季語は「草刈り」で夏。

男来て鍵開けてゐる雛の店　鈴木鷹夫

番頭さんかもしれません。開店準備なんでしょうか。はなやかな雛祭りとの対比。

悲しさはいつも酒気ある夜学の師　高浜虚子

なんだか映画の一場面のような句。「夜学」は秋の季語。

冬帽を名物としてモツを焼く　森下賢一

その頑固一徹な気性に常連客がついています。

75　客を詠む

どんな客かと読者に興味を持たせること。応対の場面などを詠むのもいいかもしれません。迎える側の暮らしぶりが想像できるように詠むと句に厚みが出ます。

梅が香やどなたが来ても欠茶碗　小林一茶

新しい茶碗も買えない暮らしぶり。でも庭の梅が咲きました。縁先での句。

どつと来てどつと立ち去る御慶かな　山田みづえ

御慶とは新年の挨拶。年始まわりです。どさどさとやってきて御節で軽く飲んで一斉に帰っていきます。あわただしいお正月となりました。

切干や遠き縁の泊り客　栗島　弘

面識もない親戚がやってきました。さてなにを切り出すのやら。そのうえ、なんと泊まってゆくと言います。切干は冬の季語。野菜を刻んで干した保存食のこと。切干大根が一般的ですね。

軒に吊る猪にぶつかる夜の客　宇多喜代子

猪は秋の季語。牡丹鍋でも食べようかという山奥の宿なんでしょうか。宿には灯りもなくて、ぶつかってしまった…。

置薬屋を断れず柿若葉　飯島晴子

そうですね。続けていると打ち切るのが難しい。でもそこが置薬屋のつけ目です。

V

仕掛けをつくる

どんな仕掛けで詠むかを
あらかじめ決めておくこと。
狙い球を決めてヒット、あわよくばホームランを狙います。
そんなつもりになって周辺を見回すと
おのずとあちらから句材がやってきます。
こんなふうに詠んでやろうと仕掛けをつくって
じっくり獲物を待ちましょう。

76 俳句でマジック

意外なものから意外なものを取り出す。これが基本パターン。ほかにも手だけを使ってなにかやってみるというハンドマジックや大仕掛けのマジックも工夫してみてください。

天袋（てんぶくろ）よりおぼろ夜をとりだしぬ　八田木枯

天袋（天井に接した戸棚）からこんなものを取り出してみました。春の夜ならではですね。「抽斗（ひきだし）より佐保姫をとりだしておく」（森節子）では手品の種をひきだしに仕込んでいます。佐保姫は春をつかさどる女神。

かごからほたる一つ一つを星にする　荻原井泉水

取り出したものをなにかに変えてしまう。きれいにマジックが決まりました。ロマンティックです。

夕焼けをくしゃくしゃにしてポケットに　津田このみ

なにげなく夕焼けをくしゃくしゃと丸めてみせました。「ふん、こんなもの」と、なにかの思いをくしゃくしゃにしたんでしょうか。でもポケットには入れて持って帰るつもり。

紙袋より猫の子を取り出だす　菅原鬨也

「えっ、こんなものの中に！」という驚きです。

傘不意にひらいて朧夜のホーム　大石雄鬼

いきなり傘が主人の言うことをきかなくなりました。朧夜ならではの不思議です。

77　オチをつける

落語のオチに倣って考えてみましょう。オチはサゲとも言われますが、落語の最後に客席をどっと沸かせる部分のこと。俳句では、最後のひと言で結末をつける「とたんオチ」がつくりやすいです。

切られたる夢はまことか蚤のあと　榎本其角

「あ〜、夢は本当だったんだ」と蚤にかまれた跡を見る。上五中七で浮かべた武士の姿が思いきりまぬけに見えてきます。

飛魚の翼広げてみて買はず　伊藤トキノ

お店の人もがっかりです。

階段に拾ふくちびる福笑　鳥居真里子

え〜っ、なんでそんなものが落ちてるの〜。でも福笑いの唇でした。

肩に手を置かれて腰の懐炉（かいろ）かな　池田澄子

おっ、艶っぽいシーンです。と思ったら、懐炉にはぐらかされます。

返り血も浴びず一刀西瓜割（すいくわわり）　平畑静塔

これまた「血なまぐさいシーンと思いきや…」です。

浮いてこい浮いてこいとて沈ませて　京極杞陽

「浮いてこい」はいわゆる浮き人形と呼ばれるもの。人形や船や金魚を形どった水に浮かせて遊ぶおもちゃです（夏の季語）。浮いてこいと呼ばれるのに、沈ませられる可笑(おか)しさ。

78 ネーミングする

たとえば「〜の空」とかいったように、空とか街などに名詞を冠するやり方。固有名詞などをもってくると、それによって広がるイメージで俳句の味わいが深まります。

光琳の兎も見えて冬の月　中西夕紀

尾形光琳の「波兎蒔絵手箱」。波の中に兎が見えるという図柄です（この波兎は着物の帯などにも使われています）。そんな兎を冬の月に見つけたというところでしょうか。

駅弁を買つて友二の冬景色　渡辺白泉

前書きに「新宿駅頭」とあります。石塚友二は石田波郷の「鶴」を継承して主宰を務めた俳人。「百方に借あるごとし秋の暮」などの句を残しています。こうした固有名詞を冠することで冬景色のイメージがより鮮明になってきます。

竹皮を脱ぎて夢二のをんなかな　石山正子

「竹皮を脱ぐ」は夏の季語。皮を脱いで青々とした幹が現れます。この句、夢二の女ということで読者は具体的な絵を思い浮かべます。そんなイメージを青々とした竹に重ねました。「ひと皮むけた女」などへ連想もゆくという仕掛けです。

海鞘(ほや)食べて縄文貌(がほ)をとり戻す　伊藤白潮

「縄文顔」とはえらく時代を遡(さかのぼ)りました。海鞘を食べたのならさもありなんと思わせます。

白潮は「平家顔して冬瓜(とうがん)をかかへくる」という句も詠んでいます。どちらも顔の特徴を詠み込んでネーミングしました。

79 途中を詠む

どこそこへ歩いてゆく。これだけでも俳句になります。読者も同じ現場を歩いているような気分にさせること。現在進行形の俳句にしなければいけません。

さくらから次のさくらへ行くところ　佐藤和枝

さくらの前で一休みして、さてとまた歩き出します。読み手も腰を上げて作者に思わずついていってしまうという寸法です。

天守閣まで幾曲り青あらし　檜　紀代

読み手も同じように道を辿らせるという寸法。青嵐が爽やかです。

ホテルあり木槿（むくげ）づたひにグリルあり　京極杞陽

グリルに庭に面した入口があったんでしょうか。そこまで回っていった。ただそれだけですが、木槿で句になりました。

川を見て羽子板市へゆく途中　岸本尚毅

ちょっと寄り道ということもあります。「あんぱんを買つて花野へ行く途中」（栗山政子）。こんな寄り道もありました。

庶務部より経理部へゆく油虫　境野大波

中七で切れるともとれますが、油虫がなにか用事で庶務部から経理部へ行ったかのような。笑えます。

こどもらの波踏みに行くラムネかな　井上弘美

浜辺に遊びに行く子どもたち。手に手にラムネを持って…。小道具のラムネ（夏の季語）が効果的です。

80 長い時の流れ

はるかな昔へ思いをはせてみましょう。どのあたりの時代を設定するかが問題。読者が同じようなイメージをその時代に抱けないといけません。

天平の世より吹きくる花の風　藤崎久を

なぜか天平時代は俳人好みのようです。七世紀の前半から八世紀の半ばまで。平城京を中心に貴族や仏教文化が花開きました。水原秋櫻子の代表句の一つに「天平のをとめぞ立てる雛かな」、有馬朗人に「草餅を焼く天平の色に焼く」があります。

いにしへのそのいにしへの杜若　京極杞陽

在原業平が歌に詠んだ杜若、尾形光琳が屛風に描いた杜若…。杜若をモチーフにした絵巻が浮かびます。さらりと詠まれていますが、豪奢な句ですね。

千年は永くもなしよねこじやらし　辻　桃子

ねこじゃらしの独り言のようにも思えます。ふてぶてしくていいですね。「虚子の忌の大浴場に泳ぐなり」という作者の句を思い出しました。

六億年前も汝は油虫　辻田克巳

何億年も前からごきぶりはほぼ現在のかたちで存在していたとか…。憎まれもののごきぶりもいやはや大したものです。

いつからの一匹なるや水馬（みずすまし）　右城暮石

ひとりで過ごしてきた水馬の長い時間に思いを寄せました。

81 切り替え

「これをしおに」という、その瞬間にシーンが替わるきっかけを詠みます。その前後の状況へも想像がいきますから、どこかゆったりした時間の流れなども感じさせる句です。

運動会午後へ白線引き直す　西村和子

お弁当もそろそろ食べ終わります。さあいよいよ午後の部のプログラムのスタートです。

泣きしあとわが白息（しらいき）の豊かなる　橋本多佳子

泣くだけ泣いて、すっかり気が済みました。ふぅ～とため息をついたところ。「白息」

は冬の季語。

湯屋の富士描きなほされて夏に入る　川上弘美

銭湯のペンキ絵も新しく描き換えられて、いよいよこれから夏本番です。

夕風が夜風となりし夏越かな　草間時彦

夏越とは茅の輪くぐりなどして、お祓いをする行事。梅雨も終わり、そろそろさらりと気持ちのいい風に変わってきた季節感を捉えました。

しりとりの語尾に夕立のやつて来し　堀川夏子

夕立をしおにそろそろ夕餉の支度にかかります。

82

小説をモティーフに

小説の世界を句に取り込んでしまう。その背景のもとで一句詠むと、句に広がりが出てきます。でも、単に小説の中のシーンをなぞるだけではダメ。小説をテコにして俳句ならではの世界をつくってください。

西鶴の女みな死ぬ夜の秋　長谷川かな女

好色五人女でしょうか。読みすすんでの感慨。五番目以外の話では女主人公はみんな死んでしまいます。「あ〜ぁ、女って」という作者のため息が聞こえてきそうです。「夜の秋」は晩夏の季語。

こいさんはお留守でござる鏡餅　横田佐恵子

「こいさん」とは大阪で末の娘の呼び名。谷崎潤一郎の「細雪」の四姉妹の末っ子、妙子を思い浮かべる方が多いでしょう。姉たちと違って奔放な新しいタイプの女性です。今日もお正月だというのに出かけています。

春田打つ鶴女房の村はづれ　有馬朗人

「鶴女房」とは「鶴の恩返し」としても知られる昔話。木下順二の「夕鶴」はこれをもとにした戯曲です。村はずれのようなのどかな田園風景です。

春の夜やお染泣虫泣ぼくろ　日野草城

「お染久松」のお染です。泣きぼくろのある女性とのひとときでふっと出た一句なんでしょうか。リズムのよさも魅力です。

ことことと胡桃（くるみ）のなかのシャイロック　平井照敏

ご存じ「ヴェニスの商人」です。シャイロックの策略があえなく胡桃の中でことことと鳴っているんでしょうか。

83　具象を抽象に

「もの」をなにか抽象的なものや観念などに喩（たと）えて表現します。抽象化することで読み手は逆にその抽象的な言葉をもとにして、具体的なものへと転換して鑑賞しなければなりません。そうすることで、多様な解釈ができる深みのある句になります。季語の力も大です。

冷されて牛の貫禄しづかなり　秋元不死男

どっしりとした重量感のある牛。「貫禄が静かだ」という表現がぴったりとはまっていますね。季語は「牛冷す」。牛や馬を川や海で洗って夏の暑さをしのがせること。

本能のぢつとしてゐる草いきれ　石山正子

獣がじっと獲物を狙っている。あるいは落武者がひそんでいる。それとも…。具体的に言わずに「本能」としたことで解釈にずいぶん多様性が出ます。「草いきれ」という季語（夏）の力も大きい。読者が楽しめる句です。

筍（たけのこ）の単純を食ひ終りたり　藤田湘子

そういえばあまり変化のないような味です。なるほど。

火事あはれ人の一代美しく　橋本鶏二

「人の一代」が燃えてしまいました。「美しく」が、燃え上がる火の形容にも思えてきます。「火事」は冬の季語。

空蟬（うつせみ）にふれる昨日にふれるやうに　鳥居真里子

空蟬（夏の季語）は蟬の抜け殻。かさこそというような触感をまるで「昨日」のように感じた。どんな記憶が呼び覚まされたんでしょうか。繊細な句です。

84

台詞を拾う

地場の人の声や同行の人の言葉をちゃっかりいただいてしまいましょう。台詞を句に盛り込むことで臨場感が出ます。その場の状況が際立つという効果もあります。

夕方は滝がやさしと茶屋女　後藤比奈夫

そろそろ暮れてきて滝見の客も減ってきました。そんなときの茶屋の人との会話の中から台詞を拾いました。どこでもどんなときでも人に話しかけてみる。これは俳人の基本です。季語は「滝」で夏。

砂浜が次郎次郎と呼ばれけり　阿部完市

次郎君はどこまで行ってしまったんでしょう。他人ごとながら気になります。「砂浜が呼ばれる」というのが面白いですね。無季の句です。

ゆきふるといひしばかりの人しづか　室生犀星

まるで小説の主人公のような。いいシーンです。ふと出たつぶやきを一句にしました。

もしもしふかし藷（いも）さんですか　はい　飛永百合子

ふかし藷の出来上がるのを待っていたら、自分がふかし藷にされてしまいました。こんなふうに、おやっと思ったらすぐに台詞をもらって一句です。

この辺にお住まひですか梅の宮　平石和美

通りかかった人から道でも聞かれたんでしょうか。

息白くオーロラに音あると言ふ　正木ゆう子

「さあ耳を澄ませて」と続くんでしょう。「息白く」（冬の季語）で状況が明快になります。

寂しいは寂しいですと春霰（はるあられ）　飯島晴子

連れ合いを亡くした方なんでしょうか。「春霰」の取り合わせがいいですね。

日のくれと子供が言ひて秋の暮　高浜虚子

おだやかな秋の一日も終わります。「日の暮」とひと言…。やんちゃな子が妙にオトナびて見えるひととき。「俳諧は三歳の童にさせよ」とは芭蕉の言葉ですが、素直な子どものちょっとしたひと言を聞き逃さないで、一句をものにしましょう。

85 その後を詠む

余韻や残像が残るようなものを選びます。で、その後に残ったものや現れてきたものを詠みます。できるだけ大きな景を描いてください。

雁過ぎしあと全天を見せゐたり　鷹羽狩行

雁が見えなくなるまで眺めていた空があります。雁が見せてくれた空だと捉えたところがミソ。

草市のあとかたもなき月夜かな　渡辺水巴

草市は、盂蘭盆会（うらぼんえ）に供える草花や飾り物を売る市。秋の季語です。草市が終わってしまってもその匂いは残ります。その余韻を込めて月を見上げました。なにか同じ月でも趣きが違うような気がしてきます。

人去りしままに椅子あり天高し　池内友次郎

「天高し」ですから、野外での園遊会とかが終わったあとでしょう。ずらりと椅子だけが残りました。静かな午後です。

年過ぎてしばらく水尾（みお）のごときもの　森　澄雄

年が明けてからのしばらくのもの思い。「水尾（水の流れ、航跡）のごとき」という直喩がたゆたうような、過ぎ去った一年への感慨を暗示します。

86　プロの手際

職人さんや板前さんを詠んでみます。ポイントは彼らの仕事ぶり。手の動きやしぐさなどに注目してください。なにか発見があるはず。季節感たっぷりなシチュエーションを選ぶことも大切です。

金屏風何とすばやくたたむこと　飯島晴子

季語は金屏風（冬）。結婚披露宴とかお祝い事のあとです。畳み方にプロの技を見ました。

五六人がかりで川床を組むところ　辻田克巳

賀茂川でしょうか。夏のシーズンを前に川床を組んでいます。五、六人と具体的な人数が詠まれていることで作業の状況が想像できます。

女将とは火箸使ひのさまよかり　松村武雄

もてなしの火鉢の炭をさっさと整えます。貫禄充分の女将です。

鮑海女天に蹠をそろへたる　橋本鶏二　（蹠＝足の裏）

あざやかなものです。鮑採りの海女の白い足の裏と青い空。潜る一瞬を捉えて句にしました。足の裏に着目したのがいいですね。

馬蹄打つ火花や草の芳しく　蘭草慶子

厩舎（きゅうしゃ）で競走馬の馬蹄を打っているところでしょうか。「草の芳しさ」を取り合わせました。「草芳し」は春の季語。

鷹匠（たかしょう）が前方を見る鷹も見る　橋本美代子

鷹匠の視線に鷹も反応しました。呼吸の合ったコンビはこうでないといけません。「鷹」は冬の季語。

87 スポーツを詠む

スポーツ観戦は双眼鏡持参でどうぞ。競技のどの瞬間を切り取るかが勝負です。ゲームが終わってからを詠むのもいいでしょう。

蕊（しべ）となり花弁となりてスケーター　安里道子

フィギュアスケートの練習風景でしょうか。ひとつの花で演技の模様を表現しました。うまい喩（たと）えですね。

灼くる太腿ハードルを倒し倒し　今井　聖

障害走（ハードル競技）はハードルを倒してもルール上はOK。まれにハードルをなぎ倒しながら走っていく選手もいます。「灼くる」が季語（夏）。

ラグビーの顔菱形に押されけり　清水良郎

スクラムのシーンを望遠鏡で覗きました。おしひしゃげた顔のアップです。「ラグビーのしづかにボール置かれけり」（岸本尚毅）は待ちに待った試合開始の瞬間を詠みました。

柔道着ふたりで絞り草萌ゆる　大串　章

練習後の部員たち。「ふたりで絞る」がいかにも柔道着です。「草萌ゆる」は春の季語。

88　風景を封じ込める

大きな景色をなにかに封じ込めてみる。そんな発想です。風景とそれの容れ物との取り合わせで俳句にします。

びいだまのなかゆふぐれのきてゐたり　辻　桃子

ビー玉の中の夕暮れ！　こういう方向でバリエーションがいろいろ考えられそうです。なにかの中に景色を見るという「型」。透明感や色合いがマッチしています。

押入に広がっていし鰯雲　高野ムツオ

押し入れを開いたら、なんと鰯雲の秋の空。なんだかシュールです。

鏡中の奥に颪あり緑さす　鷹羽狩行

鏡には広々とした奥行きがあります。その中にさわやかな颪とみどり。

冬深し柱の中の濤（なみ）の音　長谷川　櫂

柱の中に海を閉じ込めてしまいました。

89
心象風景

心象風景を詠んでみましょう。「なにかを身の内に棲ませてみる」「こころの中の荒涼たる風景を描く」「まならに浮かぶ情景を詠む」などなど。いくつかの方向があります。

頭の中で白い夏野となつてゐる　　高屋窓秋

白い夏野とはどういうことか。その夏野になったのは眼前の夏野なのか、自分自身なのか、それともまったく別のものなのか。あれこれ読者も想像を巡らせます。

音たててコンパクト鬼閉じ込めし　　出口善子

鏡で自分の中に棲む鬼を眺めていました。パチッとコンパクトを閉めて、そんな思いを断ち切りました。無季の句です。

火柱の中にわたしの駅がある　　大西泰世

駅とは自分の拠(よ)って立つところ、出発点、原点といった意味合いでしょうか。それが火柱の中にあります。これは容易なことではありません。同じ作者の句に「身を反らすたびにあやめの咲きにけり」があります。こちらでは身の内にあやめを咲かせました。

まならに蝮棲むなり石降るなり　河原枇杷男

「なり」「なり」と続くリズムが効果的です。自分に言い聞かせでもしているかのような調べ。「抱けば君のなかに菜の花灯りけり」(河原枇杷男)。こちらでは相手の体の中の風景を詠んでいます。

胸に飼ふひとりひとりの羽抜鶏　栗林千津

人は誰でも胸の内に羽抜鶏がいる。不機嫌やいらいらのかたまりです。ちょっと滑稽な味付けのある句。

90 斜に構える

ものごとや世の中をクールに眺めて見て一句。諦観ではありません。皮肉な視線で眺めて、ばっさり。切れ味が大事です。

蛇踏んで見せつまらなき男かな　　後藤比奈夫

「どうだ、見てみろ。俺って勇気あるだろ」と蛇を踏んで見せた男。でもたかが蛇です。虎とか狼の尾じゃありません。

母の日は平(ひら)にご容赦願ひたく　　石山正子

「お母さんなんて呼ばないで。お姉さんと呼びなさい」なんて嫁に言うわけです。

生きるのがいやなら海胆(うに)にでもおなり　　大木あまり

自分に言い聞かせているかのような台詞でもあります。海胆になるくらいならもう少し我慢して生きてみようとも思うわけです。

訳もなくまたカンパイや年忘(としわすれ)　　平石和美

忘年会を斜(しゃ)に眺めて一句です。

枇杷(びは)の花はつきりしないのが勝(かち)か　　飯島晴子

まあ、言い争ってもつまらない。でも、「私はわたし」というわけです。

Ⅵ

料理法で差をつける

豆腐をステーキにしてしまう。そんな手法です。
そんなシンプルでどんなふうにも味付けできる素材を
自家薬籠中のものにしておきましょう。
たとえば鏡とか石、紐、棒きれなど…。癖がなくて、
かつ料理法次第でいろいろに展開できるものを選びます。
読者の引き出しのなかの知識や思いを
うまく利用することがポイントです。

91 電気製品

句の幅を広げるためには新しい素材を見つけることも大切。冷蔵庫とか扇風機などは季語になっていますが、ほかの電気製品にはまだまだ例句が少ないようです。これはチャンス！　でもどんなアプローチで詠めばいいか――。まず機能とからめて、といったつくり方がありそうです。

秋思（しゅうし）なら電子レンジにかけてある　　櫂　未知子

さてどういうことでしょうか。秋の物憂い気分を電子レンジに…。すこしあたためたくらいなら春愁に変わるだけかもしれません。

ファクシミリ紫雲英田（げんげだ）一枚送りたし　　橋本美代子

紫雲英は春の季語。れんげ草のことです。春の風物詩、紫雲英田を人にも見せてあげたい。写真とかよりもこの紫雲英田をそっくりそのまま、いますぐにファックスで送れたらなぁ…。ファックスの利便性をうまく盛り込んだ句。

シュレッダーなら春愁は二秒半　大嶋康弘

なんと春愁をシュレッダーにかけてしまいました。

元日の開くと灯る冷蔵庫　池田澄子

これも冷蔵庫の機能のひとつ。元日ですから「明けまして灯りました」。

アイロンは消したつもりの白日傘　長井順子

澄まして白日傘でお出かけです。でも実はアイロンのことが気になってしょうがない…。日常生活でよくある話ですが「白日傘」で句になりました。

おもしろくなし敬老の日のテレビ　右城暮石

誰が来るでもなく、ぼんやりごろ寝でテレビの一日。

某日や風が廻せる扇風機　正木浩一

風もあるしそこそこ涼しい。で、扇風機もつけずにいたら、風が扇風機を廻しました。そんななんでもない一日です。扇風機の句はけっこうあります。どこへ吹くか、誰へ吹くかでいろいろバリエーションがありそう。

扇風機畳を吹いてをるばかり　行方克巳

もったいないからはやく止めてください。

92

鏡に映るもの

鏡にはいろいろなイメージがまつわりついています。これを生かさない手はありません。古代鏡は祭祀・呪術用の道具として使われていました。「自分を映す」ということで物思いなどにもつながります。鏡に映った不思議な世界を詠んでください。

三面鏡ひらきてふやす冬の薔薇　朝倉和江

ミラーハウスのような華やかな世界です。でも冬の薔薇ですから、なにか自分と向き合って思いにふけっているような…。同じ手法の句に「秋あつし鏡の奥にある素顔」（桂信子）などがあります。

手袋が鏡の中で花を買う　渋谷　道

「鏡の中の実と虚を詠む」。鏡の中の自分の手がなんだか別世界のもののように動きます。不思議な感覚。

初鏡娘のあとに妻坐る　日野草城

「鏡台は女の城」。こうして何代にもわたって使われていく鏡には、なにか怨念のようなものが籠もっていく——そんな気になってきます。初鏡はお正月の季語。「初鏡一畳で足る妻の城」（土生重次）という句もあります。

奥深き鏡を舐めて春の蝿　鷹羽狩行

なんと蝿を鏡面に止まらせました。ちいさな動物などを鏡とからめると面白い句ができそうです。

春昼や廊下に暗き大鏡　高浜虚子

鏡に映る景を想像させる。ということは、その映った景色へも想像がいきますから、句に立体感が生まれます。「風鈴売（ふうりんうり）鏡の中を通りけり」（加藤耕子）なども好例。

さびしくて鏡の中の鬼と逢う　大西泰世

鏡に向かってなにか思いつめたような表情の女性が座っています。鏡に映っているのは怒りを露わにした形相の鬼の顔。

93 紐いろいろ

身のまわりのものでイメージの広がるもの。そういったものの一つに「紐」があります。着物の帯紐、なにかを縛る紐など。具体的になんの紐と言わずにおくのも手です。

花衣（はなごろも）ぬぐやまつはる紐いろいろ　杉田久女

花見の後のけだるいような気分を着物のあれこれの紐を解いてゆく動作に重ねました。「春の宵身より紅紐乱れ落つ」（三好潤子）といった句もあります。

するすると紐伸びてくる月の閨（ねや）　中村苑子

死のイメージなどもあるんでしょうか。心中の際に使う紐などを思い起こさせるというのは考えすぎでしょうか。

しっかりと締む甚平のかくし紐　能村登四郎

甚平を着ても背筋を真っ直ぐに。隠し紐をしっかり締めました。

夜の紐ほどけて赤き蛇生まれ　出口善子

艶めかしいイメージにもつながります。自分を縛っているものを解き放つと…。そんな意味合いでしょうか。

盆用意とはあまた紐ほどくかな　福井隆子

盆用意のあれこれを「紐」で表現。こういう使い方もできます。

94 使い勝手のいい椅子

誰も座っていない椅子になにか思いを重ねて詠みます。たとえば、不在ということでなにか象徴的に詠んだりもできます。意外と応用がききます。

竹の春いつもの位置に父の椅子　角川春樹

椅子で父親像を描きました。竹の春は秋の季語。青々と茂ってくる頃を言います。逆に竹の秋が春の季語です。

逆さまの椅子がずらりと誕生日　五島高資

パーティは終わった。そして誰もいなくなった。そんなところでしょうか（はじまる前かもしれません）。椅子の数が人の数。こんな手もありました。無季。

冬薔薇や海に向け置く椅子二つ　舘岡沙緻

「これからのドラマを想像してください」という句。椅子が格好の小道具です。

月よりも遠くに椅子を置かれたる　夏井いつき

象徴的な椅子の使い方です。月よりも遠い人との距離。

秋の夜の一つの椅子とバレリーナ　石田波郷

椅子を使って練習しているところ。椅子に目をつけて状況を鮮やかに再現しました。

95

夕焼け三段活用

夕焼けでつくろうとすると、どうしてもセンチメンタルな路線になってしまって類想感がある。そんな悩みをお持ちの方にヒントです。①なにかに照らしてみる、②自在に操る、③持って帰る——そんな手が使えそうです。

全身の夕焼を見よと海豚(いるか)跳ぶ　福永耕二

夕焼けを海豚へ映してみせました。鮮やかです。

どこを開いても夕焼色の本　今瀬剛一

この句では夕焼けを手元の本まで引き寄せました。

秋夕焼くわえて抜き手切っている　岸本マチ子

自在に操ってみた例。夕焼けをくわえたまま泳いで見せました。ほかにも「恐竜のなかの夕焼取りだしぬ」（あざ蓉子）といった展開があります。

帰りなむ春夕焼を壜(びん)に詰め　櫂　未知子

こちらは壜に詰めました。どんな色合いになるんでしょうか。

夕焼を睫(まつげ)に溜めて汽車にゐる　三好潤子

車窓の夕焼けを睫に乗せて持って帰ります。「睫」には驚いてしまいます。

96　紅葉をどう詠むか

たとえば吟行で紅葉をずっと眺めていてもなかなか句が思いつかない。思いついても、先行句があったような気がする。そんなことがよくあります。でも大丈夫です。本意からすこしずらしたこんな詠み方もあります。

鬼となり言の葉を吐く櫨紅葉(はじもみぢ)　高澤晶子

一つ目は「妖しい感じ」を詠むこと。壬生(みぶ)狂言でもよく知られた「紅葉狩」のイメージで鬼が出てくる句。これが意外と少ないです。西鶴には「角樽をまくらの鬼や紅葉狩」という句があったりはしますが。

「この樹登らば鬼女となるべし夕紅葉」（三橋鷹女）があるからつくりにくいのかもしれません。でもなにやら妖しい句はもっとあってもよさそうです。

眠れねばからくれなゐの谿紅葉（たにもみぢ）　野澤節子

自分の感覚の中へ紅葉を取り込んでしまう。そんな方法もありました。この句では紅葉を心象風景にしてしまっています。

トルソーの冷え身に移る蔦紅葉（つたもみぢ）　横山房子

トルソーの白との取り合わせ。紅葉の色が際立ちます。

晩年さながら紅葉を貪りぬ　櫂　未知子

年齢にからめて詠む。これも紅葉の詠み方の一つです。「恋ともちがふ紅葉の岸をともにして」（飯島晴子）なども好例。

赤ん坊ひよいとかかへて紅葉山　夏井いつき

生命力あふれるものと紅葉を対比させるという方向もあります。

97 桃を手玉にとる

桃には季語の本意のほかに、その形状や匂いからのイメージが重なります。桃源郷や桃の節句という連想も働きます。ということで活用範囲の広い素材です。桃を手玉にとるつもりであれこれ考えましょう。①エロス、②死、③自愛といった方向がありそうです。

望の夜のめくれて薄き桃の皮　眞鍋呉夫

「望の夜」とは中秋の名月の夜のこと。したたるような満月です。それとなくエロスの香りも感じさせます。

白桃や火種は胸の奥の奥　小檜山繁子

胸の奥の火種を取り合わせました。

桃採の梯子を誰も降りて来ず　三橋敏雄

なにか死のイメージを感じさせる句。

桃うかぶ暗き桶水父は亡し　寺山修司

闇の中に浮かぶ桃が死後のイメージと重なります。修司にはほかにも「桃太る夜は怒りを詩にこめて」といった句があります。

退屈が大きな桃となっている　永末恵子

退屈なひととき。自分を外から眺めてみるとまるで桃のようだと言うのでしょうか。自愛に通じるような感覚かもしれません。「水蜜桃一日を神のごと眠る」（大木孝子）、「桃洗ふいとほしきもの洗ふごと」（きくちつねこ）や「腐（いた）みつつ桃のかたちをしていたり」（池田澄子）も同様です。

身の奥の桃の形にこもりけり　平井照敏

これは男性から女性を見た句。内に籠もってしまったこころを開いてもらうのはなかなかやっかいなようです。

98 時雨を艶っぽく

時雨忌（しぐれき）とは芭蕉の忌日（旧暦十月十二日）。「初しぐれ猿も小蓑（こみの）をほしげ也（なり）」が有名です。いかにももののさびしい風景として詠まれることが多い季語です。詠みつくされているかのような時雨ですが、まだまだ佳句の可能性が残されています。ここでは寂しいばかりでなく少し艶っぽく詠むことも考えてみましょう。季語の本意になにか新しい要素を加えてゆくことも俳句の詠み方です。

うつくしきあぎととあへり能登時雨　飴山　實

（あぎと＝顎（あご））

時雨には艶っぽいイメージがあるとも言われます。ということで女性とからめて詠むという方向がありそうです。

時雨傘さしかけられしだけの縁　久保田万太郎

「時雨の炬燵（こたつ）」は歌舞伎でよく演じられる演目です。近松の「心中天網島（しんじゅうてんのあみしま）」。遊女小春のことが忘れられない治兵衛と女房のおさん。泣かされる一幕です。時雨はそんな男女関係の機微のような情感を込めて詠んでもいいんじゃないでしょうか。

もてあそぶ火のうつくしき時雨かな　　日野草城

優柔不断な男と時雨。そんな感じにもとれます。

京といふ色の時雨に合ひにけり　　稲畑廣太郎

和傘をイメージさせられます。時雨と色の取り合わせ。やはり和で取り合わせるほうが成功率が高いようです。

過ぐといふこと美しや初時雨　　京極杞陽

時雨がさーっと通ってゆく——。そんなシーンを詠んでみましょう。この句のように直球でもいいですが、背景になにを持ってくるかが工夫のしどころです。

99　石でモノトーンの句

どこにでもころがっている石。でも、なにか別のキーワードを組み合わせることで輝いてきます。味付けがしやすくて応用がきく句材です。

石の上につくねんとある思想かな　宇多喜代子

石の上に座っている「人」を「思想」に置き換えました。「石」がはるかな時の流れなどもイメージさせます。無季の句。

花の世へあまたの石を踏んでゆく　柿本多映

石になにかを象徴させます。この句では人の思いでしょうか、反故（ほご）にしてきた希望でしょうか。過去のあれこれを石に託しました。

石の上に　秋の鬼ゐて火を焚けり　富澤赤黄男（かきお）

秋の鬼ですからもう往年の元気もないといった感じです。寒くて火を焚いている。しかも石の上です。石ということでモノトーンのイメージがかぶさってきます。

腰掛けてゐる石も墓鳥雲に　飯田龍太

無縁仏の墓だったのかもしれません。「鳥雲に」は「鳥雲に入（い）る」を略したもの。春になって北方に帰っていく鳥が雲間に見えなくなる情景です。生物の営みなどを感じさせる「鳥雲に」という季語に、墓石を取り合わせました。

金剛の露ひとつぶや石の上　　川端茅舎

石の質感も考えて作句するのもいいですね。露へのズームアップが利いています。季語は「露」で秋。

100
席順を詠む

なにかの会合や酒席、パーティなどでは席の位置にも注目してみましょう。意外といろいろなドラマが詠めます。

をんなをとこをんなをんなと冬の席　　平井照敏

女性が多い会合なんでしょうか。句会のあとの二次会などの風景かもしれません。ひらがな表記が出席者の数を連想させる仕掛け。

案の定となりにすわる炬燵(こたつ)かな　　石山正子

同窓会か会社の飲み会なんでしょう。お目当ての女性の横の席を狙って落ち着かない男に目をつけました。なにくわぬ顔の男がおかしい。「炬燵して以下同文の足ばかり」（大場佳子）という句もあります。こちらは席順など無頓着です。

先生の隣りが空きし年忘（としわすれ）　黛まどか

せっかくのメインゲストも立つ瀬がありません。

後席に上役をりし夏芝居　能村研三

どうも隣の席の夫婦連れが落ち着きません。「あなた、ちょっと挨拶してきなさいよ」と耳打ちする奥さんの声が聞こえてきます。せっかく久しぶりの観劇なのにお気の毒…。

*本書は、二〇〇九年に当社より刊行した著作を文庫化したものです。

草思社文庫

俳句がどんどん湧いてくる100の発想法

2017年4月10日　第1刷発行

著　者　ひらのこぼ

発行者　藤田　博

発行所　株式会社 草思社

〒160-0022　東京都新宿区新宿5-3-15
電話　03(4580)7680(編集)
　　　03(4580)7676(営業)
　　　http://www.soshisha.com/

印刷所　株式会社 三陽社

付物印刷　株式会社 暁印刷

製本所　株式会社 坂田製本

本体表紙デザイン　間村俊一

ISBN978-4-7942-2267-1　Printed in Japan

草思社文庫既刊

ひらのこぼ
俳句発想法 歳時記〔春〕

俳句は〝発想の型〟に習熟してこそ、打坐即刻の秀句が生まれます。数々の春の季語から発想を広げる切り口を提示した、まったく新しい歳時記。作句のヒントを多数掲載し、俳句の創作意欲を刺激します。

ひらのこぼ
俳句発想法 歳時記〔夏〕

大人気『俳句発想法』シリーズの〔夏〕編。草花や昆虫の自然の息づかい、暮らしの模様など夏は句材に富んだ季節。夏の季語ごとに発想の切り口を紹介しました。本書を傍らに俳句の世界に遊びましょう。

ひらのこぼ
俳句発想法 歳時記〔秋〕

爽やかな涼気を感じる〔秋〕、もののあわれを感じる季節の心情を句に託してみましょう。〝発想の型〟を学べる例句を多数掲載し、秋の季語を解説しました。句会や吟行に携えられるハンディな文庫サイズ。

草思社文庫既刊

ひらのこぼ
俳句発想法　歳時記〔冬・新年〕

日本の〔冬〕は、七五三、顔見せ、除夜の鐘、獅子舞、酉の市など行事の季語が豊富です。冬の季語を起点に、想像力を羽ばたかせる〝発想の型〟を伝授。俳句実作者のための便利なガイドブックです。

ひらのこぼ
俳句がうまくなる100の発想法

俳句上達の早道とは「型」を習得すること。あまたの先人から導き出した俳句の100の型を紹介。「裏返してみる」「しぐさをとらえる」「自分の顔を詠む」など数々の型から、ヒラメキが降りてくる！

齋藤 孝
声に出して読みたい日本語①②③

黙読するのではなく覚えて声に出す心地よさ。日本語のもつ豊かさ美しさを身体をもって知ることのできる名文の暗誦テキスト。日本語ブームを起こし、国語教育の現場を変えたミリオンセラー。

草思社文庫既刊

石山茂利夫
裏読み深読み国語辞書

「辞書に間違いはない」「どの辞書も内容は同じ」と思ったら、大間違い。慣れ親しんだ国語辞書を読み比べると、日本語の意外な素顔が見えてくる。日本語に関心のある人なら必ず楽しめる一冊。

氏家幹人
かたき討ち 復讐の作法

自ら腹を割き、遺書で敵に切腹を迫る「さし腹」。先妻が後妻を襲撃する「うわなり打」。密通した妻と間男の殺害「妻敵討」…。討つ者の作法から討たれる者の作法まで、近世武家社会の驚くべき実態を明かす。

氏家幹人
江戸人の性

衆道、不義密通、遊里、春画……。江戸社会には多彩な性愛文化が花開いたが、その背後には、地震、流行病、飢餓という当時の生の危うさがあった。豊富な史料から奔放で切実な江戸の性愛を覗き見る刺激的な書。

草思社文庫既刊

野口武彦
幕末不戦派軍記

慶応元年、第二次長州征伐に集まった仲良し御家人四人組は長州、鳥羽伏見、そして箱館と続く維新の戦乱に嫌々かつノーテンキに従軍する。幕府滅亡の象徴する〝戦意なき〟ぐうたら四人衆を描く傑作幕末小説。

仁科邦男
犬たちの明治維新
ポチの誕生

幕末は犬たちにとっても激動の時代の幕開けだった。外国船に乗って洋犬が上陸し、多くの犬がポチと名付けられる…史実に残る犬関連の記述を丹念に拾い集め、犬たちの明治維新を描く傑作ノンフィクション。

髙橋大輔
12月25日の怪物
謎に満ちた「サンタクロース」の実像を追う

サンタのルーツをたどると、想像を絶する〝異形の怪物〟の姿があった。トルコ、オランダ、アメリカ、フィンランド、日本、中国等を訪ね、サンタの素顔と日本人にとってのサンタの意味を解き明かす。

草思社文庫既刊

徳大寺有恒
ダンディー・トーク

自動車評論家として名を馳せた著者を形づくったクルマ、レース、服装術、恋愛、放蕩のすべてを語り明かす。快楽主義にも見える生き方の裏にあるストイシズムと美学――人生のバイブルとなる極上の一冊。

徳大寺有恒
ぼくの日本自動車史

戦後の国産車のすべてを「同時代」として乗りまくった著者の自伝的クルマ体験記。日本車発達史であると同時に、昭和の若々しい時代を描いた傑作青春記でもある。伝説の名車が続々登場！

野上照代
完本 天気待ち
監督・黒澤明とともに

すべての黒澤作品の現場に携わった著者が、伝説的シーンの制作秘話、三船敏郎や仲代達矢ら名優たちとの逸話、そして監督との忘れがたき思い出を語る。日本映画の黄金期を生み出した男たちの青春記！

草思社文庫既刊

神山典士
伝説の総料理長 サリー・ワイル物語

かつて日本に本格フランス料理を伝えた伝説のシェフがいた。横浜ホテルニューグランド初代総料理長にして、日本の西洋料理界に革命を起こし、数多くの料理人を育てた名シェフの情熱と軌跡を辿る。

小牟田哲彦
去りゆく星空の夜行列車

夜汽車に揺られて日本列島を旅する――。長距離移動の手段として長く愛されてきた夜行列車。失われつつある旅情を求めて「富士」「さくら」「トワイライトエクスプレス」「北斗星」など19の列車旅を綴る。

神尾健三
めざすはライカ！
ある技術者がたどる日本カメラの軌跡

戦後、いち早く日本のモノづくりの力を世界に示したのが「カメラ」だった。究極の目標であるライカをめざし、ミノルタ、ニコン、キヤノン等で奮闘した人々を描き、戦後日本カメラ発展の軌跡をたどる。

草思社文庫既刊

中村喜春
江戸っ子芸者一代記

コクトー、チャップリンなど来日した要人のお座敷で接待した新橋芸者・喜春姐さん。銀座の医者の家に生まれ、芸者になったいきさつ、華族との恋、外交官との結婚と戦前の花柳界を生きた半生を記す。

中村喜春
いきな言葉　野暮な言葉

やらずの雨、とつおいつ、色消し、下駄をあずける——花柳界や歌舞伎に伝わる言葉、江戸言葉160語を収録。響きのいい言葉に洒脱で気風のいい江戸っ子の心意気が浮かび上がってくる日本語お手本帳。

中村喜春
ころし文句　わかれ言葉

男と女はもちろん親子、友人の間柄だって相手をホロリとさせたり、気持ちよくさせる言葉は大切。喜春姐さんが艶っぽい「ころし文句」、切ない「わかれ言葉」を披露。知っておきたい粋な言葉の使い方。

草思社文庫既刊

勢古浩爾
定年後のリアル

定年後は、人生のレールが消える。義務や目標から解放される代わりに、お金も仕事もない淡々とした毎日がやってくる。終わりゆく人生、老いゆく自分をどうとらえるか。老後をのほほんと生きるための一冊。

勢古浩爾
定年後7年目のリアル

「なにもしない」静かな生活はコシヒカリのような滋味がある。定年生活も早くも7年目に突入した著者が、不安を煽るマスコミに踊らされず、ほんわか、のんびり、日々を愉しく暮らす秘訣を提案。

勢古浩爾
定年後に読みたい文庫100冊

選考の基準はたった一つ。読んで「おもしろいかどうか」だけ！　エッセイから時代小説、戦記物、ミステリー、旅行記、冒険記まで、文庫本をこよなく愛する著者が選りすぐりの100冊を紹介。

草思社文庫既刊

庭仕事の愉しみ

ヘルマン・ヘッセ　岡田朝雄＝訳

庭仕事とは魂を解放する瞑想である。草花や樹木が生命の秘密を教えてくれる。文豪ヘッセが庭仕事を通して学んだ「自然と人生」の叡知を、詩とエッセイに綴る。自筆の水彩画多数掲載。

人は成熟するにつれて若くなる

ヘルマン・ヘッセ　岡田朝雄＝訳

年をとっていることは、若いことと同じように美しく神聖な使命である（本文より）。老境に達した文豪ヘッセがたどりついた「老いる」ことの秘かな悦びと発見を綴る、最晩年の詩文集。

ヘッセの読書術

ヘルマン・ヘッセ　岡田朝雄＝訳

よい読者は誰でも本の愛好家である（本文より）。古今東西の書物を数万冊読破し、作家として大成したヘッセが教える、読書の楽しみ方とその意義。ヘッセの推奨する〈世界文学リスト〉付き。

草思社文庫既刊

シッダールタ

ヘルマン・ヘッセ　岡田朝雄＝訳

もう一人の〝シッダールタ〟の魂の遍歴を描いたヘッセの寓話的小説。ある男が生の真理を求めて修行し、やがて世俗に生き、人生の最後に悟りの境地に至る。二十世紀のヨーロッパ文学における最高峰。

ふたりの老女

ヴェルマ・ウォーリス　亀井よし子＝訳

酷寒の冬、アラスカの先住民は全滅の危機にさらされ、年老いたふたりの老女を置き去ることを決めた。そこから、ふたりの必死の旅が始まった——。アラスカ・インディアンに語り継がれる知恵と勇気の物語。

わが魂を聖地に埋めよ（上・下）

ディー・ブラウン　鈴木主税＝訳

フロンティア開拓の美名の下で繰り広げられたのは、アメリカ先住民の各部族の虐殺だった。燦然たるアメリカ史の裏面に追いやられていた真実の歴史を、史料に残された酋長たちの肉声から描く衝撃的名著。